Michael Wolffsohn

Wir waren Glückskinder – trotz allem
Eine deutschjüdische Familiengeschichte

Michael Wolffsohn

Wir waren Glückskinder – trotz allem

Eine deutschjüdische Familiengeschichte

dtv

Ausführliche Informationen über unsere Autorinnen und Autoren und ihre Bücher finden Sie unter www.dtv.de

Das Zitat auf Seite 5 wurde entnommen aus:
William Shakespeare, Der Kaufmann von Venedig
In der Übersetzung von Frank Günther © Hartmann & Stauffacher GmbH,
Verlag für Bühne, Film, Funk und Fernsehen, Köln
Wiedergegeben mit freundlicher Genehmigung.

MIX
Papier aus verantwortungsvollen Quellen
FSC® C014496

Originalausgabe
2021 dtv Verlagsgesellschaft mbH & Co. KG, München

Umschlaggestaltung: buxdesign | Lisa Höfner unter Verwendung folgender Fotos:
»Boykottaktion« © bpk, »Unser Haus in Tel Aviv« © Francesco Russo-VIEW/
Alamy Stock Foto, »Thea Saalheimer und ihre Schwestern« © Ornan Rotem/
»1938 – Warum wir heute genau hinschauen müssen«, Elisabeth Sandmann
Verlag 2018 und »Meine Mutter Thea und ich« aus dem Privatbesitz des Autors
Gesetzt aus der Sabon
Satz: Fotosatz Amann, Memmingen
Druck und Bindung: GGP Media GmbH, Pößneck
Printed in Germany · ISBN 978-3-423-76331-8

Dieses Buch widme ich meinen lieben Enkeln Anna, Noah, Talina, Eva und Jonathan.

Der damals siebenjährige Noah hat gesagt, er wolle »mehr über Juden und Hitler wissen«. Diesen Wunsch versuche ich ihm, all meinen Enkeln und vielleicht auch anderen mit diesem Buch zu erfüllen.

Dass Juden nicht anders als andere Menschen waren, sind und bleiben, hat ein längst verstorbener, doch unsterblicher Dichter namens William Shakespeare in seinem Theaterstück »Der Kaufmann von Venedig« so wunderbar beschrieben wie kein anderer. Gewiss kann ich es nicht so gut wie er.

»Ich bin ein Jud. Hat nicht ein Jud auch Augen? Hat nicht ein Jud auch Hände, Glieder, Körper, Sinne, Sehnsucht, Leidenschaft? genährt von gleicher Nahrung, verletzt von gleichen Waffen, anfällig gleichen Leiden, geheilt durch gleiche Mittel, fühlt er warm und kalt und fühlt er kalt vom gleichen Winter wie vom gleichen Sommer ganz wie ein Christ? – wenn ihr uns stecht, bluten wir nicht? wenn ihr uns kitzelt, lachen wir nicht? Und wenn ihr uns Unrecht tut, solln wir uns dann nicht rächen?«

William Shakespeare,
Der Kaufmann von Venedig.
Akt III, Szene 1

Inhalt

Vorwort

Ima statt Mama, Aba statt Papa

Ich lebe in Deutschland. Geboren bin ich 1947 in Israel, das damals noch Britisch-Palästina hieß. *Nach* Hitler. Meine Mutter heißt Thea, mein Vater hieß Max. Meine Eltern sind in Deutschland geboren. *Vor* Hitler. Sie mussten aus Deutschland fliehen, um ihr Leben zu retten. *Wegen* Hitler. Sie lebten lange in Israel. Das ist der Jüdische Staat. Man kann auch sagen »der Staat der Juden«. Dort verbrachte ich meine ersten Lebensjahre.

Wir alle sprechen fließend Deutsch. Anders als ihr nenne ich meine Mutter aber nicht »Mama« oder »Mutti«, sondern »Ima«. Mein Vater ist nicht der »Papa« oder »Vati«, sondern »Aba«. Aba und Ima, das ist Hebräisch. Hebräisch spricht man in Israel. Dort verbrachte ich die ersten sieben Jahre meiner Kindheit, bevor wir 1954 nach Berlin – genauer: nach West-Berlin – zogen. Einer meiner Großväter war Opa Karl, den anderen nannte ich nur »Opa«. Das war, um genau zu sein, Opa Justus, der Vater meiner Ima Thea. Die Mutter meiner Ima war ganz einfach meine »Oma«. Sie hieß Gretl. Die Mutter meines Aba nannte ich »Sabta Recha«. Sabta heißt auf Hebräisch »Großmutter«.

Man sieht schon: Wir sprechen zu Hause ein seltsames Sprachgemisch aus Deutsch und Hebräisch. Das hat eine Geschichte, und diese Geschichte will ich euch anhand

Thea Saalheimer mit ihren Eltern, den Großeltern und Alfred Bickart, ca. 1927

der Geschichten meiner Familie erzählen. Sie fanden in Deutschland, Israel (bis 1948 Britisch-Palästina) und dann wieder in Deutschland statt.
Meine Erzählung dauert länger als eine Schulstunde, ein Fernsehfilm oder ein Fußballspiel, aber keine Angst, meine Geschichte ist kürzer als das lange Leben meiner Ima oder meines Aba. Ima ist 98, Aba wurde 80, und jetzt, während ich das schreibe, bin ich 73 Jahre alt.

Es waren 73 wunderbare Jahre, sowohl in Deutschland als auch in Israel. Opa Karl und Sabta Recha, Opa Justus und Oma Gretl, Aba Max und Ima Thea haben ihr jeweils langes Leben ebenfalls in Deutschland und Israel verbracht. Für sie waren es aber keineswegs nur wunderbare Jahre, denn als sie jung waren, wurden sie in Deutschland von

Max Wolffsohn und sein Bruder Willi, ca. 1925

dem damaligen »Führer« Adolf Hitler und seiner Nationalsozialistischen Partei verfolgt. Und trotzdem hatten sie Glück, denn anders als sechs Millionen andere Juden überlebten sie. Sie hatten also Glück im Unglück. Deshalb sagt Ima von sich selbst: »Ich war ein Glückskind.« Trotz Hitler. Ich bin erst recht ein Glückskind, denn ich habe kein einziges Unglück erlebt und anders als die meisten Juden meines Alters kannte ich alle vier Großeltern. Ich bin daher ein doppeltes Glückskind – trotz und nach Hitler.

Meine Erzählung ist zwar vergleichsweise lang, sie kreist aber vor allem um zwei kurze Wörter, um zwei Namen. Einen Gruppennamen und einen Personennamen. Name eins: **Juden**. Name Nummer zwei: **Hitler**.

Wer war dieser Hitler?

Nun, Adolf Hitler war der Chef einer Partei, die sich »Nationalsozialisten« nannte. Hitler und seine Leute, die auch »Nazis« genannt wurden, wollten, dass in Deutschland keine Juden mehr lebten.

Im Jahre 1933 war Thea noch lange nicht meine Ima. Das wurde sie erst 14 Jahre später. Damals war sie ein Mädchen von zehn Jahren, und da sie ein jüdisches Mädchen war, hatte sie eine große Angst. Diese Angst hatte zwei Namen, einen Vornamen und einen Nachnamen: Adolf Hitler. Er war gerade Reichskanzler geworden und war jetzt der mächtigste Mann in Deutschland.

»Führer, Führer, Führer!«, brüllten Millionen Deutscher begeistert und bekamen Kulleraugen, wenn sie ihn sahen oder hörten. Dabei brüllte er eigentlich nur ins Mikrofon und fuchtelte mit den Armen in der Luft, wenn er sprach.

Habt ihr mal ein Video von Adolf Hitler gesehen? Dann werdet ihr mir recht geben: Sprechen konnte man das eigentlich nicht nennen. Es hörte sich ungefähr so an: »A-icken, ocken, acken, zacken, macken, Juden, die Juden sind unser Unglück, Juda verrecke, Deutschland, Deutschland, Deutschland, Sieg, Sieg, Sieg, heil, heil, heil.« Diesem Granatenblödsinn jubelten Deutsche massenhaft zu und brüllten ihrerseits: »Heil, heil, heil, Heil Hitler, mein Führer.« Heil war allerdings gar nix, nachdem Hitler an die Macht gekommen war.

Von einer unheilbaren Krankheit schienen damals die meisten Deutschen befallen zu sein. Hitler begann 1939 einen Riesenkrieg, einen Krieg, der fast überall auf der Welt tobte. Es war der Zweite Weltkrieg. An dessen Ende,

Adolf Hitler bei seiner Lieblingsbeschäftigung: Reden

1945, war die Erde verbrannt, Dörfer und Städte zerstört, unendliche viele Juden, viele Deutsche und noch mehr Nichtdeutsche waren tot. Nun brüllte niemand mehr in Deutschland »Sieg Heil, mein Führer!«. Der Führer hatte die Welt, die Juden und auch die Deutschen in die Katastrophe geführt. Und deshalb sagen wir heute: »Nie wieder! Nie wieder Hitler! Nie wieder Nazis!«.

Hier sind meine Geschichten von Thea, meiner Familie, meiner Kindheit, den Juden, Hitler und anderen Nazis.

Obwohl es in diesen Geschichten auch um schlimme Dinge geht, sind sie lustig *und* traurig, erfreulich *und* unerfreulich. Wie das richtige Leben. Wie das Leben meiner Familie, mein eigenes Leben und das aller Menschen, überall und immer. Mal Sonnenschein, mal Regen.

Kapitel 1

Die Welt meiner Mutter: Juden, Nazis, Katholiken

Die Rohrstock-Nonne als Judenfreundin

Vor fast einhundert Jahren ist meine Ima Thea geboren: im Jahr 1922, in Deutschland, in der wunderschönen Stadt Bamberg. Da, wo der herrliche Dom steht, in dem die damals meistens sehr frommen Bamberger mindestens jeden Sonntag beteten. Wenn sie nicht in der Kirche oder überhaupt nicht beteten, schimpfte der Pfarrer. Die Abwesenden und Nicht-Betenden hatten ein schlechtes Gewissen. Sie fragten sich ängstlich: »Stimmt es, was der Pfarrer sagt? Komme ich, wenn ich nicht bete, in die Hölle, zu den Teufeln, die mich packen, backen oder grillen?« Heute reden Pfarrer anders. Fast jeder weiß nämlich, dass keiner weiß, ob es eine Hölle oder den Teufel überhaupt gibt. Damals waren die meisten Bamberger sehr fromm, viel frommer als heute. Damals gingen fast alle katholischen Bamberger jeden Sonntag in die Kirche. Natürlich auch an Weihnachten – und das nicht nur an Heiligabend. Auch Ostern, Pfingsten und an den übrigen christlichen Festtagen waren Bambergs Kirchen rappelvoll. Nicht nur der Dom.

Einen Steinwurf vom Bamberger Dom entfernt, etwas

unterhalb des Dombergs, ging meine Ima Thea zur Grundschule der Englischen Fräuleins. Die Englischen Fräuleins sind Nonnen, also unverheiratete katholische Frauen, die ihr Leben Gott widmen, nicht ihrer Familie. Sie leben im Kloster, beten viel und tun meistens viel Gutes.

Auch Schwester Martha Margarita, Theas Klassenlehrerin, war eine Nonne. Als Nonne war sie natürlich sehr, sehr fromm. Anders als viele andere strenge Katholiken glaubte sie aber nicht an den Vorwurf, den Christen lange gegen »die« Juden erhoben. Der Vorwurf besagte: »Die« Juden, also alle Juden, hätten den Gottessohn Jesus Christus getötet. Knapp zweitausend Jahre lang haben christliche Kirchen die Juden deshalb »Gottesmörder« genannt. Sie haben sie verfolgt und beschimpft.

Schwester Martha Margarita glaubte daran nicht und sie hatte auch nichts gegen jüdische Kinder. Sie mochte ihre Schüler, allerdings auf eine Art und Weise, die uns heute seltsam vorkommen würde. Sie war sehr, sehr streng. »Ruhe«, befahl sie (sie bat nicht), wenn ein Kind im Unterricht schwatzte. Thea war sehr geschwätzig. (Bitte nicht verraten: Auch ich war in der Schule ein Schwätzer.)

Wenn Thea nicht aufhörte zu reden, passierte Folgendes: Sie musste zu einer anderen Nonnen-Lehrerin in eine andere Klasse gehen. Zum Beispiel zu Schwester Benedicta. Sie klopfte an die Klassentür, »Herrrrrrein!«, befahl Schwester Benedicta und unterbrach den Unterricht, Thea machte einen Knicks. Früher machte jedes Mädchen bei der Begrüßung von Erwachsenen einen Knicks, heute

Thea Saalheimer und ihre Schwestern um 1930

lacht man darüber. Thea war aber nicht zum Lachen zumute. »Schwester Benedicta, ich war frech und habe im Unterricht geschwatzt. Schwester Martha Margarita muss mich deshalb bestrafen. Sie wird mir fünf Schläge auf die Hand geben, und dafür erbitte ich von Ihnen den Rohrstock.«

Heute ist Schlagen in der Schule verboten. Heute würde wohl jeder der Lehrerin eher sagen; »Bei Ihnen piept's wohl.« Damals, noch vor Hitler und auch während seiner Zeit, war es nicht ungewöhnlich, dass Thea zu Schwester Benedicta sagte, ihre Lehrerin müsse sie bestrafen.

Die Grundschule der Englischen Fräuleins in Bamberg. Heute heißt sie Maria-Ward-Schule.

Ein Rohrstock ist ein kurzer Bambus-, also ein leichter Holzstock, mit dem man früher Kinder schlug. Thea bekam den Rohrstock von Schwester Benedicta, sagte artig »Danke«, ging zurück in ihre Klasse und übergab Schwester Martha Margarita den Rohrstock, die ihr fünf Tatzen verpasste. Thea musste dann den Rohrstock Schwester Benedicta zurückbringen und sich vor deren Schülern nochmals bedanken.

»Tatze«, wie die Tatze von Tieren, hieß diese Strafe. Bei den Jungen wurde der Rohrstock anders eingesetzt. Sie mussten ihre Hose bis zu den Knien runterziehen, sich bäuchlings aufs Lehrerpult legen, und dann machte ihr Popo Bekanntschaft mit der Härte des Rohrstocks.

Obwohl Schwester Martha Margarita so streng war und Judenkindern mit dem Rohrstock Tatzen verpasste, habe ich sie in der Überschrift als »Judenfreundin« bezeichnet. Warum?

Erstens hat Schwester Martha Margarita jüdischen ebenso wie nichtjüdischen Kindern Tatzen verpasst. Genau wie ihre nichtjüdischen Mitschüler bekam Thea die Schläge nicht, weil sie Jüdin war, sondern wenn sie den Unterricht gestört hatte. Bei den Nazis war das später ganz anders. Für die Nazis waren »die« Juden, also alle Juden, schuldig, egal, was sie taten und wie sie lebten, und zwar einfach deshalb, weil sie Juden waren. Man stelle sich umgekehrt vor: Ein deutsches Kind wäre schuldig, nur weil es zufällig in Deutschland geboren wurde!

Jetzt wird es noch komplizierter: Theas Schule war zwar sehr katholisch und streng, für die damalige Zeit aber zugleich auch sehr modern. An dieser Schule lernten nämlich Mädchen und Jungs zusammen. Das war damals nur in wenigen Schulen erlaubt. Meistens besuchten Jungs und Mädchen getrennte Schulen. Ungewöhnlich war an Ima Theas Schule außerdem Folgendes: Nicht nur Lehrerinnen, sondern auch die männlichen Lehrer durften die Mädchen unterrichten, und Lehrerinnen die Jungs.

Noch etwas für die damalige Zeit Neues gab es an Theas katholischer Schule: Auch evangelische Kinder durften auf diese katholische Schule. Vor hundert Jahren waren die meisten Menschen in Bamberg katholisch, und viele von ihnen fanden, dass evangelisch sein »richtig schlimm« war. Zwar mochten viele Katholiken damals auch keine Juden, sie trösteten sich aber, indem sie zu sich selbst sagten: »Auch unser Herr Jesus Christus war Jude.« Aber evangelisch, das fanden sie schlimm, denn die Evangelischen, so schimpften Bamberger Katholiken, »haben sich von unserer heiligen Katholischen Kirche getrennt, und das tut man nicht.«

Etwas Strafe gegen »die Evangelischen« müsse dennoch sein, meinten die Lehrer von Theas katholischer Grundschule. Deshalb beschlossen sie, dass evangelische Kinder nicht neben katholischen sitzen durften. Jüdische Kinder durften das, denn, so dachte Schwester Martha Margarita ebenso wie Theas Schuldirektorin: »Evangelisch ist schlimmer als jüdisch.«

Eine Freundschaft zwischen Juden und Katholiken?

Sie besuchten alle dieselbe Klasse, die Katholiken, Juden und Evangelischen. Zum Teil saßen sie sogar nebeneinander, doch wirklich zusammen waren sie nur von 8 Uhr früh bis 14 Uhr. Danach gingen sie getrennte Wege und blieben weitgehend unter sich. Luden sie sich zu Kindergeburtstagen ein? Ja, die Katholiken luden Katholiken ein, die Juden Juden, die Evangelischen Evangelische.

Thea fand das nicht nur blöd, sondern saublöd. Sie mochte Clara gerne, ihre Banknachbarin, die aus einer katholischen Familie stammte. Mit der verstand sie sich in der Schule bestens. In den Pausen standen sie meist zusammen, redeten oder blödelten. Nachmittags trafen sie sich aber nie. Bis zu Theas Geburtstag:

»Ich lade zu meinem Geburtstag die Clara ein«, verkündete Thea ein paar Tage vorher ihren Eltern. Gesagt, getan. Clara wurde zum Geburtstag eingeladen und sie kam. Sie war erkennbar gehemmt und eingeschüchtert und vieles schien ihr bei Saalheimers fremd, selbst die Sachen, die gar nicht so viel anders waren als bei ihr zu Hause. Der Kakao, zum Beispiel, schmeckte bei Theas jüdischer Familie genau wie bei den Katholiken. Kein Wunder, denn es war dieselbe Marke. Doch nein, meinte Clara plötzlich, er schmeckt anders. Irgendwie. Oma Gretls Kuchen schmeckte allerdings sogar besser als bei Claras Mutter, die ihre Kuchen meistens anbrennen ließ. Gretl konnte nämlich bayerische Spezialitäten backen und kochen, wie man sie sonst nur in den besten bayerischen Bäckereien und Gasthöfen bekam.

Zum Abendessen gab es eine regionale Spezialität: Fränkische Blauzipfel. Theas Lieblingsspeise, die auch Clara mochte. Dazu wurde Milch getrunken. Clara wunderte sich. »Blauzipfel sind doch aus Schweinefleisch.«

»Ja, und?«, fragte Thea.

»Ich dachte, Juden dürfen kein Schweinefleisch essen.«

»Wir sind Juden, die Schweinefleisch essen. Manche Juden essen es, andere tun es nicht. Jeder, wie er oder sie will.«

»Und was sagt euer Gott dazu?«

Clara wusste eine ganze Menge über das Judentum. Sie wusste zum Beispiel, dass Juden kein Schweinefleisch essen und dass sie nicht gleichzeitig Fleisch essen und Milch trinken dürfen. Egal, ob Schweinefleisch oder anderes Fleisch. Auf ihre Frage antwortete Thea: »Nur sehr fromme Juden essen kein Schweinefleisch. Die meisten tun es. Aber der liebe Gott ist ja kein Buchhalter, er führt darüber bestimmt keine Strichliste. Ihm ist wichtiger, dass wir anständige Menschen sind, egal ob mit oder ohne Schweinefleisch. Es ist ihm auch schnuppe, ob Fleisch und Milch zusammen verzehrt werden oder nicht.«

»Dann leben und essen und trinken die Juden ja wie wir Christen«, stellte Clara fest.

»Wir essen und leben und sind wie alle Menschen«, stellte Thea richtig. »Verschiedene Menschen haben verschiedene Gewohnheiten, verschiedene Juden haben verschiedene Gewohnheiten, und so ist es auch bei den Christen und überhaupt bei allen Menschen.«

Aber auch wenn Thea und ihre Familie eigentlich nicht anders lebten als Claras Familie – trotzdem, so bildete sich Clara ein, war es bei den Juden irgendwie anders. Irgendwie fühlte sie sich bei den Saalheimers fremd. Das entsprach zwar nicht der Realität, sondern war pure Einbildung – aber für Clara fühlte sich das echter an als die Wirklichkeit.

So oder so: Eine Gegeneinladung von Thea zu Claras Geburtstag folgte nicht. Ob bei Kindern oder Erwachsenen – Katholiken, Juden und Evangelische blieben meistens unter sich. Und das war fast überall so: Bamberg war und ist eine kleine Stadt, doch auch in den deutschen Großstädten gab es diese Abgrenzung zwischen den Menschen verschiedener Religionen. Die war in den Großstädten zwar weniger stark als in den Kleinstädten, doch eindeutig erkennbar und fühlbar war sie überall. Ein paarmal unternahm Opa Justus, Theas Vater, den Versuch, nette Bekannte einzuladen, mit denen er bestens zusammenarbeitete. Zum Beispiel seinen Rechtsanwalt. Dessen Antwort war kurz, knapp und klar: »Gemeinsame Geschäfte ja, Freundschaft nein.«

Das alles mag uns heute wundern, doch damals war das so üblich. Man lebte mehr nebeneinander als miteinander, aber bis Hitler kam, lebte man eben auch nicht gegeneinander. Die meisten Juden wären, wie Thea und ihre Familie, gerne mehr mit Katholiken und Evangelischen zusammengekommen, doch die wollten das nicht. Immerhin, in Theas Schule durften sie befreundet sein – zumindest während der Schulzeit.

Judenbeschimpfungen lange vor Hitler

Thea, ihre Eltern, ihre beiden jüngeren Schwestern Edith und Ruth, also die ganze Familie Saalheimer, waren Juden. Juden beten nicht in der Kirche, sondern in der Synagoge. Was den Christen Kirchen, sind den Juden Synagogen. Beten sie zu einem anderen Gott? Nein, wenn sie an Gott glauben, dann beten sie zum selben Gott, auch wenn sie ihm, anders als die Christen, keinen Namen geben. Und genauso, wie manche Christen an den lieben Gott glauben, andere nicht, war und ist es bei Juden: Manche Juden glauben an den lieben Gott, andere Juden nicht.

Die Saalheimers glaubten an den lieben Gott, und als Juden gingen sie zum Beten in die Synagoge. Da in Bamberg nur wenige Juden lebten, gab es nur eine Synagoge. Für Bamberger Katholiken war das anders: Es gab in der Stadt viele Katholiken und daher auch viele Kirchen. Die größte und schönste war und ist der Dom, der vor über tausend Jahren gebaut wurde. Er ist so wunderschön, dass ihn heute noch Juden und andere Nichtchristen, Muslime zum Beispiel, besuchen, selbst wenn sie dort nicht beten. Auch Theas Familie schaute ihn immer wieder an.

Obwohl sie Jüdin war, ging Thea manchmal sogar zum Gottesdienst in den Dom. Opa Justus und Oma Gretl fanden es, wie viele andere Juden, richtig und wichtig, dass jüdische Kinder wissen, was das Christentum ist. Opa Justus sagte: »Wir Juden leben gut und friedlich mit den Christen zusammen, da gehört es sich ganz einfach, dass wir wissen, woran die Christen glauben. Jeder kann und soll leben, wie er oder sie will, aber es gehört sich, dass auch wir Juden wissen, wie eine katholische Messe verläuft. Das gebietet der Respekt unserer Minderheit der Mehrheit gegenüber. Wir Juden sind eine Minderheit, wir sollen und wollen frei leben, aber wir können der Mehrheit nicht diktieren, was sie zu tun oder zu lassen hat.«

Die Bamberger Synagoge, die 1938 von der SA in Brand gesetzt wurde

Opa Justus fand es auch ganz normal, dass in Theas Klassenzimmer ein Kruzifix hing. »Du bist auf einer katholischen Schule, und deshalb hängt in jedem Klassenzimmer ein Kruzifix«, sagte er, als sie einmal danach fragte.

»Was ist ein Kruzifix?«, wollte Ruth, Theas jüngste Schwester, wissen.

»Jesus am Kreuz, das ist ein Kruzifix«, erklärte Opa Justus.

»Aber Vati«, protestierte Ruth (sie sagte Vati, nicht Aba), »Vati, du sagst doch, wir Juden glauben nicht an Jesus.«

»Stimmt, für uns Juden ist Jesus nicht der Erretter der Welt.«

»Warum hängt dann in Theas Klasse ein Kruzifix, wenn wir Juden nicht glauben, dass Jesus der Retter der Welt ist?«

»Weil die Christen es glauben. Die Katholiken haben nichts dagegen, dass wir Juden ihre Schule besuchen – da ist es umgekehrt selbstverständlich, dass wir ihnen nicht vorschreiben, ob sie an Jesus als den Retter der Welt glauben oder nicht oder ob sie ein Kruzifix aufhängen oder nicht. Das ist wie bei mir und Herrn Levi: Ich rauche gerne Zigarre, der Herr Levi aber nicht. Und deshalb rauche ich nicht, wenn ich Herrn Levi zu Hause besuche. So ähnlich ist das mit jüdischen Kindern und dem Kruzifix im Klassenzimmer einer katholischen Schule: Wenn die Katholiken ein Kruzifix aufhängen möchten, dann tun sie es, und damit gut. Niemand zwingt uns, unsere Kinder auf eine gute katholische Schule zu schicken. Und wenn wir das tun, weil wir diese Schule besser finden als die anderen, dann meckern wir nicht wegen des Kruzifixes.«

Opa Justus und Oma Gretl fanden es deshalb richtig, dass Thea und ihre Schwestern ab und zu den katholischen Gottesdienst im Dom besuchten. Allerdings waren die Predigten der Pfarrer manchmal ganz schön langweilig. Viele Katholiken schliefen dabei ein. Wer nicht einschlief oder zuhörte, konnte im Dom wunderschöne Steinfiguren bewundern. Thea war immer hellwach und ungeheuer neugierig. Sie hörte zu und schaute gleich-

Der Bamberger Dom

zeitig alles an. Dabei bemerkte sie etwas Verwunderliches:

Nahe beim berühmten Bamberger Reiter – das ist ein junger König auf einem Pferd – fiel ihr eine wunderschöne junge Frauenfigur aus Stein auf. Ihr Name: *Ecclesia.* Thea wusste: Ecclesia bedeutet auf Latein Kirche. Die Kirche eine Frau? Aber warum lächelt sie wie eine Siegerin? Sie freute sich erkennbar über einen Sieg.

Über welchen Sieg sich die Figur der Ecclesia freute, beantwortete gerade der Pfarrer in seiner Predigt: »… neben der Ecclesia, liebe Gemeinde, sehen Sie die Frauenfigur der *Synagoga* aus Stein. Sie trägt eine Binde, sie kann

Die Plastiken der Ecclesia (links) und der Synagoga (rechts) im Bamberger Dom

also nichts sehen. Was erkennt sie nicht? Die Synagoga, die jüdische Figur, erkennt nicht, dass Jesus der Retter der Welt, der Retter aller Menschen ist. Wir sehen außerdem, dass die Synagoga in einer Hand einen gebrochenen Stab hält. Mit diesem kaputten Stab kann sie nicht schlagen. Die jüdische Figur ist besiegt von der Ecclesia, der christlichen Kirche, und deshalb lächelt die Ecclesia siegesfroh.«

Die beiden Frauen aus Stein mögen zwar schön anzusehen sein, dachte Thea, aber uns Juden gegenüber ist das wirklich nicht nett.

Auf ihrer katholischen Schule hatte Thea einen sehr anständigen Lehrer, Bruder Konrad, den sie sehr mochte und der sie sehr mochte.* Ihn fragte Thea, warum die jüdische Synagoga im Dom von der Kirche besiegt wurde. »Das ist doch uns Juden gegenüber nicht nett.«

»Da hast du recht, Thea. Vergiss nicht, dass diese Steinfiguren, wie der Dom, sehr alt sind. Früher, im Mittelalter, hat die Kirche die Juden bekämpft und ganz gemein beschimpft. Heutzutage gibt es das aber nur noch selten. Ich hoffe das wenigstens! Aber hast du bemerkt, dass zwar beide Figuren, die der Ecclesia und die der Synagoga, sehr schön sind – die Synagoga aber noch schöner?«

»Ja, das hab ich gesehen, aber warum ist das so?«

»Nun, ich vermute, dass der Künstler auf diese Weise der Kirche ein Schnippchen schlagen und damit sagen wollte: Es stimmt nicht, dass die Juden gemein oder hässlich sind. In Wirklichkeit ist das Judentum mindestens so schön wie das Christentum.«

»Bruder Konrad, gab es damals denn auch andere Arten der Judenbeschimpfung?«

Bruder Konrad schaute Thea traurig an. »Ja, leider. Im Mittelalter, vor ungefähr achthundert Jahren, haben Christen damit angefangen. Da haben sie das Judenschwein oder die Judensau draußen vor oder drinnen in Kirchen angebracht.«

»Aber Juden sind doch Menschen und keine Schweine. Wie kann es dann Judenschweine geben?«

---

* Bruder Konrad und Abraham Silbermann (S. 93 ff.) gab es nicht wirklich. Sie sind auf echten Personen, Situationen und Wertvorstellungen der katholischen bzw. jüdischen Welt basierende Figuren. Die Fakten werden hier erzählerisch verdichtet.

»Du hast recht, das ist unmöglich. Juden als Schwein oder Sau zu bezeichnen, das war und ist nicht nur falsch, sondern gemein – eine echte Schweinerei von der Kirche gegen Juden.«

»Macht das die Kirche heute auch noch?«

»Nein. Die Kirche hat gemerkt, dass das nicht nur hundsgemein war, sondern dumm.«

»Warum dumm?«

»Weil Jesus, der für uns Christen der Retter der Welt und der Menschheit ist, selber Jude war. Jesus ist als Jude geboren und als Jude gestorben.«

»Und was hat Jesus mit dem Judenschwein zu tun?«

»Ganz einfach: Die Kirche hat damals Steinfiguren des Judenschweins an den Kirchen anbringen lassen, um zu verkünden, dass alle Juden Schweine wären. Wenn aber alle Juden Lügner und Schweine wären, dann auch Jesus selbst. Kannst du dir vorstellen, dass die Kirche sagt: Jesus Christus war ein Schwein?«

»Nein, natürlich nicht.«

»Genau. Irgendwann hat auch die Kirche erkannt, dass das Judenschwein oder die Judensau Blödsinn war. Wer Blödsinn macht, wird ausgelacht. Damit das nicht passiert, hat die Kirche mit diesem Blödsinn aufgehört. Alle Christen sollten damit endlich aufhören.«

»Bruder Konrad, es gibt bei uns doch die SA, die zu diesem Hitler gehört. Die habe ich schon öfter rufen hören: ›Juden sind Schweine! Judenschweine, raus aus Deutschland!‹ Sind denn die Nazis keine Christen, Bruder Konrad?«

Mittelalterliches Judensau-Relief, hier an der Stadtkirche Wittenberg (von Luther gepriesen)

»Nein, die sind keine wahren Christen. Wer ›Judenschweine‹ ruft und sich aufs Christentum beruft, hat das Gebot der Nächstenliebe von Jesus Christus nicht verstanden. Und außerdem ist er dumm, weil er nicht weiß, dass Jesus Christus selbst Jude war, und zwar von seiner Geburt bis zur Kreuzigung.«

Alle Religionen haben ihre Zeichen. Man nennt sie auch Symbole. Das Symbol der Christen ist das Kreuz. Was das Kreuz den Christen, ist der Davidstern den Juden und der Halbmond den Muslimen. Die Religion der Muslime heißt Islam und das Zeichen des Islam ist der Halbmond. Ihn sieht man auf den Moscheen, den Gotteshäusern der Muslime.

Den Halbmond sieht man in Bamberg auch heute noch eher selten. Den »typisch jüdischen« Davidstern sah man zu Theas Bamberg-Zeit nur an der Synagoge, auf Grabsteinen von Juden und – ja, an einem Ort, wo es keiner erwartet: am wohl berühmtesten Gasthaus Bambergs, dem »Schlenkerla«. Das gibt es seit ungefähr 500 Jahren. Bier gilt als »typisch deutsches« Getränk und Theas Vater, also mein Opa Justus, trank leidenschaftlich gerne Bier und ganz besonders gerne das Rauchbier von Schlenkerla. Jude hin, Jude her – Opa Justus war in vielem ein »typischer Deutscher«, nicht nur, weil er gerne Bier trank. Thea und ihre Schwestern mussten es immer wieder vom Schlenkerla abholen und dem Vati bringen. Wehe, etwas schwappte über beim Transport!

Doch was macht der »typisch jüdische« Davidstern auf dem Schild des Schlenkerla? Den gab es nicht nur auf dem Schlenkerla-Schild draußen, sondern auch drinnen. Zum Beispiel auf den Wasserhähnen der Toiletten. Nun, des Rätsels Lösung ist einfach: Der Davidstern ist über-

Religiöse Symbole: Halbmond (Islam),
Kreuz (Christentum), Davidstern (Judentum)

haupt nicht typisch jüdisch. Seit mehr als tausend Jahren gibt es ihn auf der ganzen Welt, und vor ungefähr fünfhundert Jahren haben die Bierbrauer in Bayern und Franken (Bamberg liegt in Franken) diesen sechszackigen Stern als ihr Schutzzeichen ausgewählt. Sie dachten, dieses Zeichen würde sie vor dem Teufel, Hexen und anderen bösen Geistern schützen.

Natürlich sah man den Davidstern auch in der Bamberger Synagoge. Voll war sie selten. Erstens, weil es in Bamberg eben nur wenige Juden gab, und zweitens, weil die meisten der wenigen Juden, wie sie sagten, »modern« waren. Mit »modern« meinten sie ungefähr Folgendes: »Das mit dem Glauben an Gott ist schön und gut. Dass er vor ewig langer Zeit die Welt erschaffen haben soll, den

Historisches Gasthauszeichen mit sechszackigem Stern »Schlenkerla«, Bamberg

Himmel, die Erde, Tag und Nacht, Sonne, Mond und Sterne und den Menschen. Und dass er alles sieht und die Menschen belohnt oder bestraft. Aber ob es den lieben Gott wirklich gibt, weiß ich nicht. Vielleicht ja, vielleicht nein. Deshalb gehe ich mal ja, mal nein in die Synagoge. Wenn es den lieben Gott gibt, freut er sich, dass ich zumindest manchmal in die Synagoge gehe. Wenn es den lieben Gott nicht gibt, schadet es auch nichts.«

Opa Justus dachte und lebte anders. Anders als viele andere Juden hatte Justus seinen Damenkleiderladen am Samstag, dem Sabbat, geschlossen. Der Sabbat ist der Sonntag der Juden. Wie jedes jüdische Fest beginnt und endet der Sabbat am Abend. Er beginnt also freitagabends und endet samstagabends.

Jeden Freitagabend und Samstagvormittag ging Opa Justus mit seinen Töchtern in die Bamberger Synagoge, um den Sabbat zu feiern. Die kamen gerne mit, weil die Kinder am Freitag, nach dem Segensgesang des Kantors, ein Becherchen mit Kinderwein bekamen, der schön süß schmeckte – noch besser als Limonade! Danach gingen Opa Justus und die Mädchen zu Fuß nach Hause, denn am Sabbat fuhr Opa Justus nicht Auto. Warum? Weil in der Bibel steht, dass Gott am siebten Tag der Woche, also am Sabbat, nicht arbeitete. Wie Gott soll deshalb der Mensch am Sabbat ruhen.

Nicht nur Autofahren gilt bei frommen Juden als Arbeit, sondern auch Kochen. Oma Gretl bereitete das festliche Freitagabendessen deshalb bereits am Nachmittag fertig zu. Vor dem Essen sprach und sang Opa Justus die Segenssprüche über Wein, Brot und den Sabbat: »Wir danken dir, o Gott, dass du die Trauben für Wein und Getreide fürs Brot hast wachsen lassen.« Dann breitete er seine Arme über die drei Töchter aus, segnete und küsste sie: »Der Herr segne dich und behüte dich. Der Herr lasse sein Antlitz leuchten und gebe dir Frieden. Amen.«

Anschließend stellte er sich neben seine Frau, schaute sie liebevoll an und las aus dem Gebetbuch das biblische Loblied (Sprüche 31, 10–31) auf die ideale Frau, genauer: auf die ideale Ehefrau: »Eschet chajil mijimzah ... Eine tüchtige, die ideale Frau, wer findet sie? Sie übertrifft alle Perlen der Welt. Das Herz ihres Mannes vertraut auf sie ... Sie tut ihm Gutes ... alle Tage ihres Lebens ... Trügerisch ist Schönheit, denn sie vergeht. Nur eine gottesfürchtige Frau verdient Lob.« Justus umarmte und küsste seine Gretl und sie ihn.

»Das stimmt mit der Schönheit, die vorbeigeht«, quakte Ruth eines Freitagabends vorlaut. »Die Mutti hat nämlich ganz dicke Beine.«

Justus' Gesicht wurde vor Ärger feuerrot: »Ihre Kinder lieben sie, ihr Mann verehret sie, und auf die andern scheißet sie«, sagte er.

Oh ja, Opa Justus bediente sich im Alltag gern ebenso derber wie klarer Sprüche. Andererseits achtete er pingelig genau auf gute Umgangsformen, besonders Tischmanieren: »Thea, man führt die Gabel zum Mund und nicht den Mund zur Gabel.« Wenn Thea, Edith, Ruth (oder viel später auch ich) beim Essen nicht die Ellenbogen nah am Oberkörper hielten, griff Opa Justus zwei Bücher und steckte sie den Kindern unter die Arme. Lief man krumm, rief er einen zur Ordnung: »Bauch rein, Brust raus!«

»Vati hat uns wunderbar streng erzogen«, erinnerte sich Thea später.

Wollt ihr einige Beispiele hören? Wenn die Kinder beim Wandern über das schlechte Wetter maulten, belehrte sie Opa Justus: »Es gibt kein schlechtes Wetter, es gibt nur falsche Kleidung! Man hat sich nicht wehleidig. Tut doch nichts weh.«

Einmal fürchtete Thea, sie hätte Fieber. Das beeindruckte Justus nicht die Bohne. Er empfahl: »Steck dir das Thermometer nicht so oft in den Hintern, dann weißt du auch nicht, wie viel Fieber du hast!«

Thea Saalheimer und ihre Schwestern 1937

Opa Justus war manchmal derb und hart, aber stets liebevoll, lebenslustig und oft sehr laut – zum Beispiel beim Singen des Tischgebets nach jeder (!) Mahlzeit. Laut und falsch war der Gebetssingsang der Familie Saalheimer auch an den Sabbatabenden. »Macht nichts«, sagte Opa Justus. »Singen können wir nicht, denn wir sind nicht musikalisch. Dafür sind wir fröhlich moischekalisch.«

Ihr merkt: Opa Justus hat mit den Worten »musikalisch« und »Moische« gespielt. Was »musikalisch« bedeutet, wisst ihr. Der Begriff »Moische« wiederum kommt von Moses, einem Urahnen der Juden. Mit dem Wort »moischekalisch« machen sich Juden über sich selbst lustig. Das tun sie oft und gerne, denn man kann (und soll) im Leben fröhlich sein, sich selbst nicht so wichtig nehmen und sogar über die eigenen Schwächen lachen. Und wenn ein Jude sagt, er sei moischekalisch, dann meint er: »Richtig singen kann ich nicht, ist mir aber wurschtpiepegal. Hauptsache, es macht Spaß.«

Ja, die Saalheimers liebten es zu singen, zu feiern und sie liebten auch die Sabbatabende. Bis ihnen an einem Abend die Anhänger von Adolf Hitler die Freude am Sabbat verdarben.

Opa Justus und die Mädchen gingen an diesem Freitag (natürlich zu Fuß) zur Synagoge. Wo man hinguckte, hingen, die Fahnen der Nazis. Es waren so viele, dass man den Davidstern an der Synagoge gar nicht mehr sah. Davor standen SA-Männer. Die SA war die Schlägerbande der Nazis. Die gab es damals schon in Deutschland, obwohl sie noch nicht in der Regierung waren. Bei ihnen gehörten Sprüche wie dieser zum üblichen Ton, also zu einem Ton, der eigentlich nur unter Verbrechern üblich ist: »Wenn mir der Jud' nicht passt, dem hau ich in die Fress, und danach kann er nimmer fressen.«

Vor der Synagoge standen also die SA-Männer. Sie reckten die Fäuste hoch und schrien: »Judenschwein, du Judenschwein, dich lass ich nie mehr hier hinein!«

Justus erschrak. Sollten sie trotzdem versuchen, in die Synagoge zu gelangen? Thea wurde es fast übel. Nie hätte sie gedacht, dass sie die Beschimpfungen aus dem Mittelalter, von denen ihr Bruder Konrad erzählt hatte, einmal selbst hören würde! Ihr war klar, dass mit diesen Menschen nicht zu spaßen war.

»Komm, Vati«, sagte sie entschlossen, »lass uns zurück nach Hause gehen. Die sind stärker als wir und wollen uns bestimmt kurz und klein schlagen.«

Es brennt – nicht nur die Fackeln

Die Attacke der SA-Männer vor der Synagoge war nur ein Vorbote. Im Januar 1933 kam Adolf Hitler mit seiner Nationalsozialistischen Partei an die Macht und wurde Reichskanzler. Von einem Tag auf den anderen war es mit dem friedlichen Nebeneinander von Christen und Juden vorbei. Bis dahin hatten die Juden in Deutschland mit den übrigen Deutschen, wenn auch nicht freundschaftlich, so aber doch zumindest friedlich zusammengelebt. Nun wurden sie bespuckt, bedroht, beraubt oder geschlagen.

Thea war zehn Jahre alt. Noch im hohen Alter erinnerte sie sich ganz genau an diesen Tag und Abend. Sie kam gerade mit ihrer Freundin Kalli aus der Schule. Kalli war Jüdin wie sie. Ihr Vater, ein Arzt, hatte viele nichtjüdische Patienten.

Grölende Männer ringsum.

»Heil, heil, heil! Sieg Heil!«

»Heil Hitler!«

»Deutschland wird jetzt rein, weg mit dem Judenschwein!«

»Zack, zack, zack, weg mit Judenpack!«

»Juden raus! Juden raus aus Deutschland!«

»Deutschland, judenrein!«

»Juda verrecke!«

Kalli zitterte am ganzen Leib. »Die wollen, dass wir sterben. Warum denn?«

»Weil wir Juden sind«, antwortete Thea. Auch sie zitterte vor Angst.

»Aber das ist doch kein Grund. Was haben wir denn denen getan? Oder unsere Eltern oder unsere Großeltern?«

»Natürlich nichts. Aber das interessiert die Nazis nicht. Du hörst es doch. Für die sind alle Juden Schweine. Du genau wie ich, deine und meine Geschwister, unsere Eltern. Einfach alle Juden sind für die Schweine.«

»Aber da, schau mal, bei diesen Schreihälsen ist doch auch der Hans Müller. Der ist seit Jahren Patient bei meinem Vater. Der hat ständig Nasenhaut- und Nasenlochweh, weil er so viel popelt, und dann mischt ihm mein Papa eine Salbe, die ihm hilft.«

»Auch Judenfeinde gehen wohl lieber zu guten Ärzten als zu schlechten, selbst wenn diese Ärzte Juden sind. Bei der eigenen Gesundheit hört die Judenfeindschaft auf.«

»Das stimmt«, gab Kalli zu. »Mein Papa hat erzählt, dass Hitler seine schwerkranke Mutter von einem jüdischen Arzt behandeln ließ. Der hieß Dr. Bloch und der hat

Machtergreifung der Nationalsozialisten, 30.1.1933

ihr Leben gerettet und nur ganz wenig Geld dafür verlangt.«

»Und trotzdem hasst der Hitler uns Juden. Und wegen ihm hassen uns alle anderen Nazis auch.«

Am Abend, als sie wieder zu Hause waren, schauten Thea, Edith, Ruth mit Justus und Gretl aus dem Wohnzimmerfenster auf die Straße. Ein Lichtermeer. Unübersehbar viele Menschen, vor allem Männer. Mit brennenden Fackeln und Hakenkreuzfahren.

»Heil, heil, heil! Sieg Heil!«, riefen sie.

»Mädels, diesen Schreihälsen solltet ihr nicht zuschauen und zuhören«, sagte Oma Gretl. »Mit denen wollen wir Juden und wir Saalheimers nichts zu tun haben. Geht in euer Zimmer und macht euch bettfertig.«

Aus ihrem Kinderzimmer beobachteten die drei Schwestern trotzdem wie gebannt, was sich auf der Straße zutrug.

»Deutschland wird jetzt rein, weg mit dem Judenschwein!«

»Deutschland, judenrein!«

»Zack, zack, zack, weg mit Judenpack!«

»Juden raus! Juden raus aus Deutschland!«

»Juda verrecke!«

Die Mädchen hielten es nicht mehr aus. Zitternd rannten sie zu den Eltern ins Wohnzimmer.

»Vati, wir haben Angst, schrecklich Angst«, weinte Ruth, die Jüngste.

Justus war sprachlos.

»Wir können nicht mehr in Deutschland bleiben, Vati«, flüsterte Gretl verängstigt.

»Unsinn, dieser Spuk ist bald vorbei«, widersprach Opa Justus. »Selbst unter Hitler und den Nazis ist Deutschland doch nicht wie das alte Ägypten vor dreitausend Jahren! Dort hat der König von Ägypten, der Pharao, die Juden gezwungen, die Pyramiden zu bauen. Dort wurden unsere jüdischen Vorfahren versklavt, bis sie mit Gottes Hilfe aus Ägypten flohen und Moses sie ins Gelobte Land, nach Israel, geführt hat. Aber Deutschland ist nicht Alt-Ägypten, Hitler ist nicht Pharao, und ich bin nicht euer Moses, der euch ins heiße, unfruchtbare Land Israel führt, von wo uns die Araber eins, zwei, drei wieder rausschmeißen werden.«

Als die Geschäfte geplündert wurden

Oje, wie sich Opa Justus irrte. Gerade mal zwei Monate später, am 1. April 1933, wurden am Vormittag des Sabbat in ganz Deutschland jüdische Geschäfte geplündert. Durch Bambergs Straßen liefen Männer, die wie wilde Stiere brüllten: »Kauft nicht bei Juden! Deutsche, kauft nicht bei Juden!«

Nun, bei meinem Opa Justus konnte man am Samstag eh nichts kaufen, denn er hielt sich an das jüdische Sabbatgebot: »Sechs Tage sollst du arbeiten, und am siebenten Tag sollst du ruhen.« Die meisten anderen Juden waren aber weniger traditionell. Sie »gingen mit der Zeit«, also mit der Mode ihrer Zeit. Und die sah bei ihnen so aus, dass sie nicht die Synagoge besuchten, sondern ihre Geschäfte öffneten und wie an jedem anderen Wochentag ihre Waren verkauften.

Vor dem Geschäft der jüdischen Familie Goldstein in der Haupteinkaufsstraße Bambergs standen junge Kraftprotze – SA-Männer vom Schlägertrupp der Nazis. Vor dem Geschäft stand Frau Schulze, eine Bekannte von Opa Justus und Oma Gretl. Sie war eine fromme Katholikin, die jeden Sonntag in die Kirche ging, so wie Justus am Sabbat in die Synagoge. Sie fand es gut und richtig, dass er in die Synagoge ging, er fand es gut und richtig, dass sie in die Kirche ging. Jeder nach seiner Art.

Nun also näherte sich Frau Schulze dem Laden der Goldsteins und wollte eintreten.

»Nix da«, bellte böse wie ein bissiger Hund Franz

Maier, den Frau Schulze kannte und noch nie gemocht hatte. »Nix da, beim Juden gekauft.« Er packte sie am Arm und drückte ihn fest.

»Aua, lass mich los, du Nazischwein!«

»Nazischwein nennst du Judenhexe mich?«, brüllte Herr Maier aufgebracht. »Kaufst beim Judenschwein und nennst mich Nazischwein? Na, da wollen wir mal sehen, wie ein anständiger deutscher Mann, ein SA-Mann, darauf reagiert. Pflanz dich hierhin und bleib gefälligst stehn, du Sau.« Gleich neben sich hatte Maier ein Pappschild mit einem Stoffband zum Umhängen. Auf dem Pappschild war zwischen zwei großen Hakenkreuzen zu lesen: *»Ich bin am Ort das größte Schwein und lasse mich mit Juden ein.«* Dieses Pappschild hängte er Frau Schulze um den Hals.

Ihr könnt euch denken, dass am Samstagvormittag in Bambergs Haupteinkaufsstraße unzählige Menschen unterwegs waren. In Windeseile stand eine große Menschentraube vor, neben und um Frau Schulze, Franz Maier und seinen Kameraden, die mit Juden, Judenfreunden und anderen anständigen Menschen wahrlich nicht kameradschaftlich umgingen.

»Pfui, du Schlampe«, pöbelte einer und bespuckte Frau Schulze.

»Ins Gefängnis mit ihr!«, kreischte eine andere.

»Nein, besser gleich ins KZ Dachau«, fauchte wie ein hungriger, wilder Löwe ein Dritter.

KZ. Das war etwas ganz Schreckliches und in Deutschland damals Neues. Das erste deutsche KZ war kurz vor

Boykott und Plünderung jüdischer Geschäfte, 1.4.1933

jenem 1. April 1933 in Dachau bei München errichtet worden. KZ bedeutete »Konzentrationslager«, und ein KZ war noch viel schlimmer als jedes Gefängnis. Ins KZ brachten Hitler und die Nazis Juden und andere Deutsche, die sich die Gemeinheiten der Nazis nicht gefallen ließen. Normalerweise ist es überall auf der Welt so, dass Menschen, die ein Verbrechen begangen haben, von der Polizei festgenommen werden. Ein Gericht verurteilt sie und sorgt dafür, dass sie ins Gefängnis kommen. In Hitlers Nazi-Deutschland war es anders. Da dienten Polizei und Gerichte Hitler und seinen Parteifreunden, die sich selbst kriminell verhielten. Sie warfen alle, die anders dachten oder wie die Saalheimers Juden waren, ins Gefängnis oder eben ins KZ. Viele der KZ-Insassen haben das nicht überlebt.

Das also war der Ort, in den so mancher Umstehender die herzensgute, anständige Frau Schulze gebracht haben wollte! Doch damit begnügten sie sich nicht. Nicht ganz zufällig hatte einer Farbe und Pinsel dabei. Nachdem sie Frau Schulze beschimpft hatten, pinselten sie aufs Schaufenster des Geschäftes einen riesigen Davidstern, also das Juden-Zeichen. Damit auch jeder verstand, worum es ging, schrieben sie dazu: »Jude! Hier kaufen Deutsche nicht ein!«

SA-Männer standen ebenfalls vor Opa Justus' Geschäft. Dass es wegen des Sabbat geschlossen war, hatten sie zunächst nicht beachtet. Als sie es bemerkten, pinselten sie einen Davidstern ans Schaufenster.

Auch vor dem Haus, in dem die Saalheimers zur Miete wohnten, standen SA-Männer. Das Haus gehörte nicht den Saalheimers. Die Nazis behaupteten zwar gern: »Alle Juden sind steinreich und besitzen mindestens ein Haus«, aber die Wirklichkeit sah anders aus: Opa Justus und seine Familie hatten zwar Geld, aber richtig reich waren sie nicht. Sie hatten eine schöne, geräumige Mietwohnung in einem Haus, in dem sich unten ein Laden befand, der dem ebenfalls jüdischen Herrn Kohn gehörte.

An diesem Sabbat war Thea alleine im Sabbat-Gottesdienst in der Synagoge gewesen. Als sie zurückkam, stand vor Herrn Kohns Geschäft ein feister SA-Mann mit spitzen Zähnen. Thea bekam Angst – wie ein Vampir sah er aus, der Mann! War er aber nicht. Anders als befürchtet, sagte er zu Thea im freundlichsten Ton: »Hab keine Angst, Mädchen, wir tun dir nix.«

»Danke«, antwortete Thea überrascht und überaus erleichtert.

Tja, auch unter Hitlers Anhängern gab es Menschen mit Herz. Viele waren es aber leider nicht.

Pessach, Pharao und Hitler

Neun Tage später begann das Pessachfest. Das ist das größte und schönste jüdische Familienfest. Es erinnert daran, dass, wie die Bibel erzählt, die Juden vor mehr als dreitausend Jahren Sklaven in Ägypten waren. Es heißt, der damalige Pharao hätte sie zu schwerster Arbeit gezwungen. Wer nicht arbeiten konnte oder bei der Arbeit zusammenbrach, wurde geschlagen. Oft überlebten die Menschen das nicht. Die Juden wollten aus Ägypten weg, doch der Pharao ließ sie nicht. Bis Moses kam: Er führte die Juden in die Freiheit, ins Gelobte Land, nach Israel. Wer will, kann das alles in der Bibel oder in der »Haggada«, der Pessachgeschichte, nachlesen. In beiden Büchern wird beschrieben, wie Moses und den Juden mit Gottes Hilfe die Flucht in die Freiheit gelang.

Das Pessachfest beginnt mit dem Sederabend, und weil auch nichtfromme Juden das Fest so schön finden (so wie auch nichtfromme Christen gerne Heiligabend feiern), kommt eigentlich jede jüdische Familie am Sederabend zusammen. Dabei liest zumeist der Familienvater die

Pessachgeschichte aus der Haggada vor und dazu gibt es fröhliche Lieder, die alle singen. Ob Katzenmusik oder nicht – Hauptsache, es macht Spaß. Ganz wichtig ist dabei das Festessen. Auch das ist den Feiernden am Sederabend so wichtig wie den Christen das Essen an Weihnachten.

Damals, im April 1933, feierten noch mehr Juden als sonst den Sederabend. Auch diejenigen, denen ihr Judentum vorher schnurzpiepegal gewesen war. Sie und ihre Freunde hatten sich bis dahin überhaupt nicht darum gekümmert, dass sie Juden waren. Umgekehrt war es ihnen auch egal, ob ihre Freunde Christen oder sonst was waren, Hauptsache, es waren nette, gutherzige Menschen.

Seit Hitler an der Macht war und seit den Geschäftsschließungen vom 1. April 1933 war alles ganz anders. Leute wie Frau Schulze konnten nicht mehr einfach in jüdischen Geschäften einkaufen. Das war plötzlich für Frau Schulze und andere wohlmeinende Menschen gefährlich. Für die Geschäftsinhaber wiederum war es entscheidend, ob sie jüdisch waren oder nicht. Egal, ob sie fromm waren und in die Synagoge gingen oder nicht; egal, ob ihnen ihr Judentum wichtig war oder nicht; egal, ob sie überhaupt wussten, dass Pessach oder Purim oder der Sabbat jüdische Festtage waren – bei keinem von ihnen sollte eingekauft werden.

Weil das Einkaufen bei Juden auf einmal so gefährlich war, kamen immer weniger Kunden in jüdische Geschäfte. Und wenn in einem Geschäft nicht eingekauft wird, verdient der Geschäftsinhaber immer weniger. Am Ende ist er bitterarm und kann die Wohnungsmiete oder den Lebensmitteleinkauf seiner Familie nicht mehr bezahlen.

In der Hitlerzeit war die Stimmung an den Sederabenden deshalb eher gedrückt als fröhlich. Wie die Juden vor mehr als dreitausend Jahren wollten schon an diesem ersten Sederabend einige von ihnen fliehen, in die Freiheit, in die Sicherheit, weg aus der Todesgefahr. Zum Beispiel nach Israel, das damals noch »Palästina« hieß. Manche Juden taten das auch schon in den Monaten nach Hitlers Machtergreifung.

Opa Justus aber meinte auch nach den Schikanen weiterhin, dass Hitler kein Pharao sei. Nach Palästina fliehen? »Ich bin weder der Moses der Juden noch der Moses meiner Familie«, sagte er. »Außerdem gehören wir hierher, nach Deutschland!«

Dann las er Gretl und den Töchtern eine Stelle aus der Haggada vor, in der die Gemeinheiten Pharaos und der alten Ägypter beschrieben werden. Trotzdem, so hieß es dort, hätten die Juden damals ebenso wie heute an Gott und seine Gebote geglaubt – obwohl sie dafür schon immer verfolgt und gequält wurden oder werden.

»Siehst du, Vati, hier steht's doch«, meldete sich Thea zu Wort: »Egal, ob damals oder heute, wir Juden werden immer verfolgt. Du hast uns bei Hitlers Machtergreifung gesagt: Hitler ist nicht der Pharao. Wir sind in Deutschland frei und sicher. Auch unter Hitler. Hier, in der Haggada, steht das aber anders. In jeder Generation, immer also, will man uns Juden töten. Und jetzt natürlich auch.«

Die gute Festtagslaune war wie weggefegt. So auch in vielen anderen jüdischen Familien. Sie spürten alle, doch nur wenige wollten es, wie Thea, aussprechen: Ja, Hitlers Nazi-Deutschland hatte erschreckende Ähnlichkeit mit dem Ägypten des Pharao. Nur die in der Pessachgeschichte genannten Orte, Zeiten und Namen waren anders, nicht das Schicksal der Juden an sich, nicht ihre lebensgefährliche Situation. Die Juden in Deutschland fragten sich: Geschieht das alles, dieses Schreckliche, hier und heute unter Adolf Hitler oder geschah es vor dreitausend Jahren in Ägypten unter dem Pharao? Und sie wussten: Damals wurden Juden verfolgt, jetzt werden Juden verfolgt und künftig werden Juden verfolgt. Einst und immer, überall. Wie es in der Haggada steht.

So manches Mal dachte Thea in diesen Tagen an ihr Gespräch mit Bruder Konrad. Daran, dass die Judenbeschimpfungen, seit die Nazis an der Macht waren, wieder denen des Mittelalters ähnelten. Und auch ein anderer vergessen geglaubter Vorwurf der Christen wurde den Juden Deutschlands wieder entgegengeschleudert: An Karfreitag erzählten landauf, landab Pfarrer in Kirchen, Mönche oder Nonnen in Klöstern: »Ihr Juden habt unseren Herrn Jesus Christus ermordet.« Sogar die Gassenkinder auf der Straße quatschen diesen Unsinn nach!

Dieser Vorwurf ist und war natürlich ein Granatenblödsinn, denn wie in der Bibel zu lesen ist, wurde Jesus vor ungefähr zweitausend Jahren in Jerusalem gekreuzigt – also viele Jahrhunderte, bevor Justus, Thea und die Juden ihrer Zeit auf die Welt kamen. Sie können für die Tötung Jesu also nicht verantwortlich gemacht werden.

Vor allem aber waren es damals gar nicht die Juden, sondern die Römer, die Jesus Christus ermordet haben. Sie herrschten zur Zeit von Jesus in Jerusalem und sie befahlen seinen Tod. Sie waren jedoch keine Juden, sondern glaubten an ganz andere Götter.

Eine ernst gemeinte Warnung

Wie kam es, dass nach Hitlers Machtergreifung so viele Deutsche, die vorher gar nichts gegen Juden hatten und immer freundlich zu ihnen gewesen waren, auf einmal mitmachten bei den Beschimpfungen und Beleidigungen? Teilten all diese Menschen tatsächlich den Hass der Nazis gegenüber den Juden?

Bei vielen war das der Fall. Aber manche, die nach außen taten, als fänden sie Hitler gut, dachten heimlich ganz anders. Das merkte Thea ausgerechnet am Beispiel ihrer Lehrerin, Schwester Martha Margarita. Wie fast alle Deutsche trat sie nach außen hin wie eine echte »Nazisse« auf. »Nazis« nannte man Männer, die dachten und machten, was Hitler und seine Partei wollten. »Nazissen« waren Frauen, die Hitler verehrten. Sie nannten Hitler »Führer«, und wie er hassten sie alle und alles, was in ihren Augen nicht deutsch war oder was Hitler als nicht deutsch bezeichnete. Mehr als alles andere hassten sie die Juden. Nur deshalb, weil wie sie zufällig als Juden geboren worden waren.

Vor der gesamten Klasse benahm sich Schwester Martha Margarita wie eine überzeugte Nazisse. Frühmorgens, zu Beginn der ersten Schulstunde, sprach sie wie eh und je das christliche Morgengebet. Dass es die jüdischen Kinder mitsprachen, galt für alle als selbstverständlich. Für die Katholiken, weil es eine streng katholische Schule war, und für die Juden, weil sie als Nichtkatholiken sozusagen Gäste waren. Wie jeder anständige Gast achteten sie die Gewohnheiten des Gastgebers.

Seit Hitler an der Macht war, fügte Schwester Martha Margarita dem Gebet noch den Hitlergruß hinzu. Sie faltete die Hände zum Gebet und senkte den Kopf. Die Kinder folgten ihrem Beispiel. Sie sprach: »Gelobt sei Jesus Christus, in alle Ewigkeit. Amen. Heil Hitler!« Beim »Heil Hitler« riss sie den rechten Arm zum Hitlergruß hoch.

»Wie die Papageien sagten auch wir Judenkinder ›Heil Hitler‹«, erzählte mir Ima Thea viel, viel später. Sie wusste, wie seltsam es war, dass die jüdischen Kinder mit ihrem »Heil Hitler« den größten Judenfeind der Menschheitsgeschichte grüßten. Alle jüdischen Kinder in Theas Klasse taten das, genau wie Millionen anderer Deutscher, Nazis oder Nichtnazis. Aus Angst? Wahrscheinlich. Was hätten sie anders tun können? Wer sich weigerte, »Heil Hitler!« zu sagen, wurde bestraft – oft hart bestraft. Was wir daraus lernen? Manche Leute spielen Theater, damit man nicht merkt, was sie wirklich denken und was sie wirklich wollen. Der äußere Schein führt uns nicht in den Kopf oder ins Herz hinein. Was unsere Augen sehen und unsere Ohren hören, entspricht eben nicht immer der Wahrheit.

So ähnlich war das auch bei Schwester Martha Margarita: Ihre Frömmigkeit entsprach ganz sicher ihrem innersten Herzenswunsch. Warum sonst wäre sie Nonne geworden? Ihr »Heil Hitler!« war jedoch reine Maskerade. In ihrem Inneren meinte sie es wirklich gut mit den Juden, das merkte Thea schon wenige Monate nach der Machtergreifung, kurz nach dem Pessachfest.

Das jüdische Pessachfest und das christliche Osterfest fallen oft auf fast dieselbe Zeit. Kein Wunder, denn beide sind Feste des Frühlings und der Frühling macht, wie die anderen Jahreszeiten, keinen Unterschied zwischen Christen und Juden. Der Apfelbaum blüht für Juden und Christen und Muslime und alle Menschen am selben Ort zur selben Zeit. Jeweils sieben Wochen nach Pessach feiern die Juden das Wochenfest »Schawuot« und die Christen Pfingsten. Gläubige Christen ebenso wie Juden glauben, dass auch die Früchte von Gott kommen. Die Juden danken ihm deshalb beim Wochenfest, die Christen an Pfingsten für die ersten reifen Früchte.

Was sind die Unterschiede zwischen den beiden Festen? Die Juden sagen: Am Wochenfest hat uns Gott durch Moses die Zehn Gebote geschenkt. Die Zehn Gebote kennt fast jeder. Sie stehen in der Bibel, im Alten Testament. Die Zehn Gebote, sagt die Bibel, stammen von Gott, sie sagen den Menschen, wie man sich anderen Menschen gegenüber und zu Gott verhalten soll. Wenn man das liest, denkt man: Holla, so zu leben ist doch puppenleicht. Denkste. Um diese Gebote den Menschen mitzuteilen, heißt es im Judentum, brauchte Gott seinen Heiligen Geist.

Die Christen feiern Pfingsten, weil in der Bibel, genauer: in der Apostelgeschichte des Neuen Testaments steht, dass Jesus, der sieben Wochen zuvor am Kreuz getötet wurde, an Pfingsten seinen Freunden lebendig als Heiliger Geist erschienen ist. Das klingt unglaubwürdig. Aber man muss wissen, dass die Christen glauben, Jesus sei nicht nur Mensch gewesen, sondern auch Gott. Und Gott kann alles, das glaubt jeder gläubige Mensch, egal, ob Christ, Jude oder Muslim.

Man merkt: Irgendwie ist das ähnlich, das jüdische Wochenfest und das christliche Pfingsten. Sowohl am Wochenfest als auch an Pfingsten geht es um ein und dasselbe: um Gott, dessen Geist sowohl Juden als auch Christen »heilig« nennen und der sich den Menschen mitgeteilt hat, und um den Dank für die Gaben Gottes.

Aber zurück zu Thea: Kurz vor dem Wochenfest und vor Pfingsten 1933 bat Schwester Martha Margarita am Ende einer Schulstunde die jüdischen Kinder zu sich. Sie wartete, bis alle nichtjüdischen Kinder das Klassenzimmer verlassen hatten. Sie schaute nach vorne, nach hinten, nach rechts, nach links. Sie wollte sicher sein, dass nur sie und die jüdischen Kinder im Raum waren.

»Kinder«, begann sie, »es ist schlimm geworden in Deutschland, seitdem Hitler und die Nazis unser Land beherrschen. Ihr erlebt seit Monaten Tag für Tag, wie man mit euch Juden umgeht. Mit euch Kindern, euren Eltern und Großeltern. Ich sage euch: Es wird noch viel schlimmer werden. Auch für uns Katholiken wird es schlimm werden, denn Hitler und die Nazis hassen uns, weil wir nicht an Hitler glauben, sondern an Gott. Hitler und die Nazis behaupten zwar, dass sie an Gott glauben, aber das ist gelogen. In Wahrheit hält Hitler sich für allmächtig und seine Anhänger verehren ihn wie einen Gott. Wo ein Verbrecher wie Hitler verehrt wird, gibt es keinen Platz für den richtigen Gott, den Gott der Christen und den der Juden, der ja ein und derselbe Gott ist. Wo für unseren lieben Gott kein Platz ist, da ist auch kein Platz für mich. Bald beginnen die Sommerferien. Wir werden uns danach nicht mehr sehen, denn ich ziehe fort aus Hitlers Nazi-Deutschland. Aber ich habe eine Bitte an euch: Bitte, bitte, sagt euren Eltern, dass sie mit euch das Land verlassen sollen, bevor es zu spät ist. Bevor die Nazis euch noch viel Schlimmeres antun als bisher schon. Denkt an die Pessachgeschichte aus der Bibel, denkt an den bösen Pharao, der die Juden hasste und sie schwer arbeiten und töten ließ. Adolf Hitler ist wie Pharao. Für uns ist in diesem Deutschland kein Platz mehr – und damit meine ich uns gläubige Katholiken und die Juden. Gott segne euch und verfluche Hitler und die Nazis. Gelobt sei Jesus Christus. In Ewigkeit. Amen.«

Es wird niemanden überraschen, dass Schwester Martha Margarita nach diesen Worten kein »Heil Hitler!« mehr über ihre Lippen brachte. Allein vor den jüdischen Kindern konnte sie aussprechen, was sie wirklich dachte.

Thea und ihre jüdischen Klassenkameraden schluckten, dann fingen sie an zu weinen. Vergessen waren Martha Margaritas Tatzenhiebe und ihr Befehlston. Unvergessen blieb den Kindern bis ins hohe Alter die warmherzige, wohlwollende, liebevolle, kluge, weitsichtige, rechtzeitige Warnung dieser nach außen so harten und strengen Frau.

»Die Frau sieht Gespenster, der Hitler-Spuk der Nazis und ihre wilde Judenfeindschaft hören bald auf«, meinte Opa Justus, nachdem Thea beim Abendessen der Familie erzählt hatte, was Schwester Martha Margarita empfohlen hatte. Er wurde eines Besseren belehrt. In den folgenden Jahren geschahen in Deutschland die schlimmsten Dinge, die man sich vorstellen kann. Das Allerschlimmste, der Tod durch Hitlers Nazis, blieb Opa Justus und seiner Familie glücklicherweise erspart. Sechs Millionen andere Juden hatten dieses Glück nicht. Sie wurden von Hitlers Nazis ermordet.

Thea und die Nazisse

Nicht alle in Theas Umgebung standen aufseiten der Juden wie Schwester Martha Margarita. Das Nazidenken machte selbst vor den Mitarbeitern ihres Vaters nicht halt.

Opa Justus hatte in Bamberg ein Geschäft für Damenoberbekleidung. Jedes Geschäft braucht eine Buchhaltung. Die Buchhaltung notiert die Einnahmen und Ausgaben des Geschäftes, also das Geld, das man von Kunden beim Verkauf der Ware bekommt und das man dann wieder ausgibt, zum Beispiel für den Kauf der Ware oder den monatlichen Lohn der Mitarbeiter. Die Buchhaltung berechnet, wie viel

Geld man dem Staat zahlen muss, damit der Schulen oder Straßen oder Schwimmbäder bauen kann. Dieses Geld, das man dem Staat zahlt, heißt Steuer. Natürlich zahlte Opa Justus pünktlich und korrekt seine Steuern, denn er war ein ehrlicher Kaufmann. Damit der Steuerbetrag richtig errechnet wird, braucht man Buchhalter.

Opa Justus' Buchhalterin war Frau Bamberg, aber weil sie so oft und viel meckerte wie eine Ziege, nannte Thea sie »Frau Ziegenbart«. Wie das bei Familien so ist, nannte sie in Theas Familie irgendwann jeder Frau Ziegenbart. Nur Opa Justus nannte Frau Bamberg weiterhin beim richtigen Namen, denn auch wenn sie weder sehr nett noch besonders klug war, so war sie doch eine gute, zuverlässige Buchhalterin und dafür brauchte Opa Justus Frau Bamberg.

Eines Tages hieß Frau Bamberg nicht mehr Frau Bamberg, sondern Frau Kaltenbrunner. Sie hatte nämlich geheiratet: den Herrn Kaltenbrunner, einen fanatischen Nazi. Seit Frau Kaltenbrunner ihren Mann kannte, liebte sie nicht nur ihn, sondern auch die Nazis – und sie hasste die Juden. Weil sie aber woanders keine Arbeit fand, blieb sie bei Opa Justus als Buchhalterin. Sie mochte zwar die Juden hassen, deren Geld – »Judengeld« nannte sie es ihren Nazifreunden gegenüber verachtungsvoll – nahm sie aber trotzdem gern. Vor allem gefiel ihr, dass Opa Justus, wie viele andere Juden, ihre Mitarbeiter weit besser bezahlten als die meisten deutschen »Volksgenossen«. »Volksgenossen«, so nannten die Nazis die nichtjüdischen Bürger. Natürlich gab und gibt es auch Christen, die ihre

Mitarbeiter anständig bezahlten, und umgekehrt Juden, die es nicht taten. Opa Justus jedenfalls zahlte gut, weil er ein ehrlicher, anständiger Mensch war.

Ihren Judenhass ließ Frau Ziegenbart-Kaltenbrunner gern an Justus' Töchtern aus. Besonders an der damals zwölfjährigen Thea, denn die widersprach ihr oft. Thea war schon als Mädchen sehr selbstbewusst und blieb es ihr ganzes langes Leben lang. (Ich weiß das, denn ich bin ja ihr Sohn.)

Besonders zickig reagierte »die Ziegenbart«, wenn Thea ihren Roller neben den Geschäftseingang stellte. »Schmeiß den Roller nicht da hin. Mach dies nicht, mach das nicht, mach jenes nicht.«

Thea kochte innerlich. Eines Tages ... der Roller ... die Ziegenbart: »Du freches Mädle, verdammt. Weg mit dem Roller.«

Das war Thea zu viel: »Wissen S' was, Sie alte Nazisse, Sie halten Ihren Mund. Sie haben mir gar nichts zu sagen«, rief sie ihr entgegen.

Nun eilte die Buchhalterin mit hochrotem Kopf zu Opa Justus. »Herr Saalheimer, stellen Sie sich vor, die Thea ...«

Jetzt war auch Opa Justus wütend auf Thea. »Was hast du zu Frau Kaltenbrunner gesagt? Nazisse?«, rief er aufgebracht. »Wie kommst du dazu? So eine ordentliche, anständige Frau ...« Peng, zack, bumm – Justus verpasste Thea eine Ohrfeige.

»Fast hätt der Vati mir die Zähne rausgehaun«, erinnerte sich Thea später, und das war erstaunlich, denn

Justus und Gretl schlugen ihre Kinder eigentlich nie. Warum also verteidigte Opa Justus ausgerechnet diese Nazi-Mistziege?

Nun, dafür gibt es eine Erklärung. Opa Justus wusste, dass Herr Kaltenbrunner ein einflussreicher, mächtiger Nazi war. Das Wort »Nazisse«, das Thea gebraucht hatte, war ein Schimpfwort. Für Schimpfwörter, die Hitler oder die Nazis beleidigten, wurde man damals in Deutschland streng bestraft. Sowohl die Eltern als auch die Kinder konnten dafür ins Gefängnis kommen. Weil Opa Justus das vermeiden wollte, spielte er den empörten Vater und verpasste Thea eine Ohrfeige.

In unserer freien Welt kann man sich das heutzutage gar nicht vorstellen: Um ihre Kinder und sich selbst zu schützen, mussten liebevolle Eltern ihre Kinder hart bestrafen, um nach außen den Schein zu wahren. Ähnlich wie Schwester Martha Margarita und die jüdischen Mädchen ihrer Klasse, die morgens »Heil Hitler!« riefen und in ihrem Kopf und Herzen dachten: »Unheil dem Hitler, diesem Schwein!«, ging es auch Opa Justus: Um zu überleben, musste er lügen.

Schweinerei: keine Bratwürste für Juden

Immer schwerer wurde in diesen Jahren das Leben der Juden, immer mehr Verbote schränkten ihr Berufsleben, aber auch ihren Alltag ein: Schon seit 1933 durften Juden nicht mehr in öffentlichen Schulen und Universitäten unterrichten und die Bücher von jüdischen Schriftstellern wurden verbrannt.

Justus selbst traf es besonders hart, dass Juden fortan in Gaststätten nicht mehr willkommen waren. Opa Justus liebte Nürnberger Bratwürste, und die besten gab es seiner Meinung nach im »Nürnberger Bratwursthäusle«. Weil es von Bamberg nach Nürnberg ein Katzensprung war und Oma Gretls Eltern von dort stammten, fuhren die Saalheimers oft nach Nürnberg, um die Großeltern zu besuchen. Opa Justus machte dann immer einen Abstecher ins »Nürnberger Bratwursthäusle«, um seine geliebten Nürnberger Bratwürste mit einem Bier zu genießen.

Freilich gab es da ein Problem. Die Nürnberger Rostbratwürstchen werden aus Schweinefleisch hergestellt und bekanntlich dürfen Juden kein Schweinefleisch essen, denn das Schwein gilt als unrein. (Fromme Muslime dürfen das übrigens auch nicht.) Statt »unrein« sagt man im Judentum »nicht koscher«. Das Gegenteil ist »koscher« und bedeutet rein. Koscher ist zum Beispiel Rindfleisch, das dürfen Juden essen.

Nun war Opa Justus zwar ein frommer Jude, der regelmäßig in die Synagoge ging und alle jüdischen Feiertage einhielt. Aber Opa Justus war anders fromm als die meisten frommen Juden. Er fand, dass Schweine edle Tiere waren, und so zählte er im Nürnberger Bratwursthäusle zu den Stammgästen.

Allerdings war Nürnberg nicht nur die Stadt der besten Bratwürste, sondern auch die »Stadt des Reichsparteitages«. Reichsparteitag war eine Riesenveranstaltung der Nationalsozialistischen Partei auf einem Riesengelände, das noch größer war als ein großes Fußballstadion. Noch heute kann man es in Nürnberg besichtigen. Tausende und Abertausende Menschen kamen während der Hitlerzeit zum Reichsparteitag der Nazis. Sie wollten Adolf Hitler sehen, der dort seine Nazireden brüllte: »A-ickn, acken, ocken, zacken …«

Die meisten Nürnberger waren begeisterte Nazis und manche von ihnen wollten ihre Liebe zum »Führer« noch mehr als andere beweisen. Dummerweise zählte zu diesen auch der Wirt des Nürnberger Bratwursthäusles. Eines Tages klebte am Haupteingang des Bratwursthäusles ein Schild. Darauf war zu lesen: »Juden unerwünscht«. Nicht nur in Nürnberg gab es solche Schilder zuhauf. An Ortsschildern, in Zoos, auf Parkbänken, überall fand man solche Schilder in Hitler-Deutschland.

Der Wirt des Nürnberger Bratwursthäusles hatte allerdings vergessen, das Schild auch am Nebeneingang anzukleben. Gut so, dachte Opa Justus, betrat über den Nebeneingang die Gaststube, bestellte 12 Rostbratwürstchen mit Sauerkraut, trank dazu ein gutes Bier, genoss die Mahlzeit in vollen Zügen und schmauchte danach seine Zigarre. Der Wirt kannte Opa Justus gut. Bis zu diesem Tag war er immer sehr nett zu ihm und auch zu den Mädchen gewesen, wenn sie ihren Vater zum Essen begleiteten. An jenem Tag näherte der Wirt sich aber äußerst schlecht gelaunt: »Sie, Herr Saalheimer, Sie sind Jude, und Juden sind bei mir und bei allen anständigen Deutschen unerwünscht. Jetzt zahlen S' und verduften. Verduften für immer.«

Nie wieder betrat Opa Justus das Nürnberger Bratwursthäusle. Trotzdem packte ihn bis zu seinem Lebensende immer wieder die Sehnsucht nach den Schweinswürstchen und jenem Gasthaus.

Aus Schulen und Deutschland vertrieben

Sorgen um Schweinswürste waren nicht nur Opa Justus, sondern Hunderttausenden von Juden bald wurstegal. Ganz andere Nazi-Schweinereien folgten: Nicht nur Wirtshäuser oder Parkbänke wurden »judenrein«, weil keine Juden mehr rein oder draufsitzen durften. Jüdischen Kindern wurde es außerdem verboten, nichtjüdische Schulen zu besuchen. Jüdische Schulen gab es aber kaum, denn die meisten Juden hatten sich wohlgefühlt unter Nichtjuden. Ja, gewiss, sie wollten auch wissen, was Pessach oder Sabbat oder andere jüdische Feiertage bedeuteten. Aber sie waren ganz normale Deutsche, die auf ganz normale deutsche Schulen gingen. Genau das durften sie nun nicht mehr, weil sie wegen Hitler und den Nazis auf einmal keine Deutschen mehr sein durften.

Da es im katholischen Bamberg nur wenige Juden gab, hatten die Bamberger Juden keine eigene Schule für ihre Kinder. Thea wollte aber weiterlernen. Deshalb übersiedelten sie und ihre Freundin Kalli im August 1938 nach Berlin aufs jüdische Goldschmidt-Gymnasium, das

Die Goldschmidt-Schule in Berlin

auch ein Internat hatte. Einerseits wollte Thea nicht weg von den Eltern und Schwestern. Andererseits jubelte sie. Hurra, endlich in die große, weite Welt! Berlin, nicht Bamberg. Großstadt, Hauptstadt, nicht Kleinstadt. Kino, Theater, Oper, Konzerte, Tanzlokale.

Schnell verflog der Jubel.

Das Goldschmidt-Gymnasium war eine hervorragende, moderne Schule. Selbstverständlich lernten Jungen und Mädchen hier zusammen, selbstverständlich gehörten Frauen wie Männer zu den Lehrern. Die Lehrer waren zu den Schülern freundlich, fast freundschaftlich. Die Schüler merkten: Die Lehrer und Lehrerinnen sind von ihren Fächern begeistert, sie wollen und können mir wirklich etwas beibringen und, wenn möglich, gute Zensuren geben. Auch wenn Thea der Not gehorchend nach Berlin gewechselt war, so war für sie an dieser jüdischen Schule der Unterricht die reine Freude.

Trotz ihrer Ausgrenzung durch die Nazis spürten die Goldschmidt-Schüler die tiefe Liebe ihrer Lehrer zur deutschen Kultur. Zu den deutschen Dichtern, Musikern, Malern, zur deutschen Landschaft, dem deutschen Wald, zu Deutschland ganz allgemein. Dabei stellten sie Deutschland nicht über alles in der Welt, sondern sie stellten es *in* die Welt. Sie kannten und liebten englische oder französische oder amerikanische oder russische Dichter ebenso wie deutsche.

Anders als die meisten Lehrer in Bamberg konnten sie Fremdsprachen: Das Englisch von Frau Dr. Heilbronner klang nicht wie eine Mischung aus Bayerisch, genauer: Fränkisch, und Englisch, sondern wirklich wie Englisch.

War es Zufall, dass diese jüdische Goldschmidt-Schule besser war als die meisten nichtjüdischen? Nein. Warum nicht? Die Juden haben mit Schulen eine viel längere Erfahrung als Nichtjuden. Seit mehr als zweitausend Jahren gibt es jüdische Schulen, in Deutschland seit etwa zweihundert Jahren. Deshalb wussten jüdische Lehrer oft besonders gut, *was* man Schülern beibringt und *wie* man es so beibringt, dass ihnen das Lernen Spaß macht und dass sie das Gelernte behalten, weil sie es behalten *wollen*. Jüdische Lehrer und Kinder sind nicht klüger als nichtjüdische, aber sie haben im Lernen und Lehren mehr Übung. Das ist ähnlich wie beim Sport oder beim Musizieren: Wer nicht oder wenig übt, musiziert schlecht. Wer nicht trainiert, gewinnt nicht.

Leider währte Theas Glück im Hitler-und-Nazi-Unglück nicht lange: Seit August war sie auf der Goldschmidt-Schule, im Oktober holte sie die Wirklichkeit von Nazi-Deutschland ein. Über Nacht waren viele Schüler einfach verschwunden, darunter auch neue Freunde von Thea wie Esther, David und Samuel. Was war geschehen? Hitler und die Nazis wollten Deutschland »judenrein« machen. Jüdische Familien, die vor langer Zeit aus Polen nach Deutschland gekommen waren, die hier arbeiteten, lebten, Familien gegründet, Kinder und Freunde hatten, sollten Deutschland von heute auf morgen verlassen. Sie wurden erst verhaftet, dann ohne ihr Gepäck auf Lastwagen gezwungen, an die Grenze zu Polen gefahren und dort einfach abgesetzt. Weg aus Deutschland sollten sie. Doch Polen wollte die aus Deutschland vertriebenen Juden – Alte, Junge, Männer, Frauen, Kinder – nicht reinlassen. Wochenlang mussten sie bei Kälte, in Wind und Wetter mit kaum Essen oder Trinken ausharren.

Auch einige von Theas Mitschülern zählten zu diesen vertriebenen Juden. Nie wieder haben sie sich gesehen.

»Kristallnacht« – Mehr als nur klirrendes Kristall

Ein Unglück von noch größerem Ausmaß für die Juden in Deutschland geschah am Abend des 9. November 1938, einem Mittwoch. Thea kam gerade mit ihrer Freundin Kalli aus dem Kino. Trotz der Vertreibung ihrer Mitschüler hatten Thea und Kalli gute Laune: Im Film waren alle

9.11.1938: Der NS-Staat als Brandstifter: Deutschlands Synagogen brennen (hier die Alte Synagoge in Berlin, Fasanenstraße)

Menschen nett zueinander gewesen und die Geschichte war gut ausgegangen. Am Ende hatten der Mann und die Frau, die sich liebten, geheiratet und viele kluge, nette, süße Kinder bekommen »Happy End« nennt man das – »glückliches Ende«.

Was Thea und Kalli jetzt sahen, war das genaue Gegenteil eines glücklichen Endes. Es war der Anfang einer schlimmen Katastrophe. Es war der Anfang der »Schoah«. Schoah, dieses Wort bedeutet auf Hebräisch »Katastrophe«. Am Ende dieser Katastrophe waren 6 Millionen Juden tot. 6 000 000 – eine unvorstellbare Zahl. Ungefähr so viele Menschen, wie heute in Berlin, München und Köln zusammen leben.

Gleich neben dem Kino, aus dem Thea und Kalli ka-

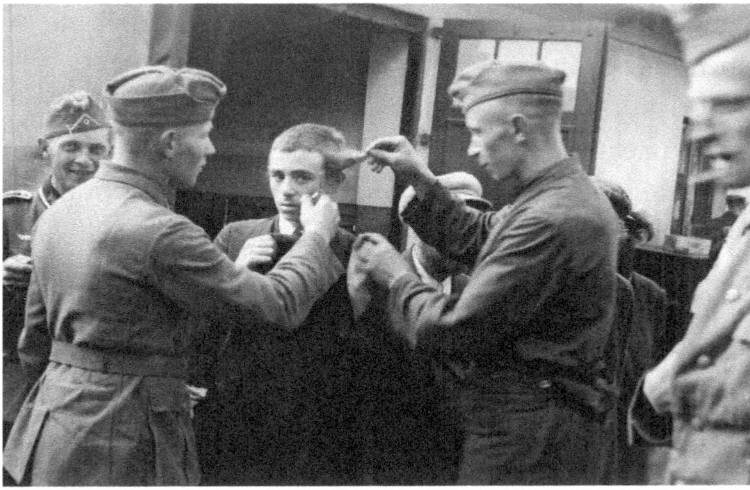

Soldaten der deutschen Wehrmacht schneiden im Zweiten Weltkrieg einem Juden die Schläfenlocken ab.

men, war eine Synagoge. Sie brannte lichterloh. Viele Menschen standen drum herum, doch anders als sonst bei Bränden war weit und breit keine Feuerwehr zu sehen. Die Zuschauer waren mucksmäuschenstill, alle glotzten, keiner versuchte, das Feuer zu löschen.

Den Brand zu verhindern wäre unmöglich gewesen, denn SA-Männer riegelten das Synagogen-Umfeld ab.

»Juda verrecke!«, brüllten sie. Ihr Brüllen klang eher wie die Töne wilder Stiere als wie Menschenrufe, und was sie schrien, war ganz und gar gemein und unmenschlich: »Kein Judenschwein kommt hier mehr rein!«

Ein Mann, wahrscheinlich der Gemeinde-Rabbiner (also der »Pfarrer« der jüdischen Gemeinde), versuchte es. »Ich möchte bitte, bitte, bitte die Thorarollen aus dem heiligen Schrank der Synagoge herausholen«, flehte er einen SA-Mann an.

»Verpiss dich, du Judenschwein«, war die Antwort. Dabei packte der SA-Mann den schmächtigen Rabbi an den Schultern, schüttelte ihn, zog aus der SA-Uniform eine Schere heraus und schnitt damit dem Rabbi Schläfenlocken und Bart ab. »Wir haben doch nicht die Synagoge in Brand gesetzt, damit du Scheißjud die Scheiß-Thora-Schmora-Rollen rettest.«

Thea und Kalli verschlug es die Sprache, denn die Schläfenlocken sind nicht einfach eine Mode – sie sind streng gläubigen Juden geradezu heilig. Thea fasste sich zuerst: »Diese Schufte haben es offenbar auf die streng religiösen, altmodischen Juden abgesehen«, redete sie sich und Kalli gut zu. »Nur die tragen heute noch Schläfenlocken und Bart. Nicht die modernen, liberalen Juden wie unsere Eltern und wir.«

»Glaub ich nicht«, meinte Kalli. »Die Nazis haben es auf alle Juden abgesehen, auch auf die modernen. Komm, lass uns bei der Neuen Synagoge nachschauen. Die ist gleich um die Ecke.«

Die Neue Synagoge brannte ebenfalls. Auch hier schweigende Zuschauer, die keinen Finger rührten. Auch hier brüllende SA-Männer, die Juden verfluchten und jubelten: »Heil, heil, heil Hitler. Hurra, Deutschlands Synagogen brennen heute Abend lichterloh. Dann verduftet das Judenpack, diese Stinkejuden, endlich aus Deutschland.«

Anders als die Alte Synagoge hatte die Gemeinde der Neuen Synagoge das Glück, dass sich unter den vielen

Deutschen einer fand, der sich traute, gegen den Brand vorzugehen: Wilhelm Krützfeld, der Vorsteher der zuständigen Polizei, alarmierte die Feuerwehr und bewahrte die Neue Synagoge vor der vollständigen Zerstörung.

So wie Krützfeld bewiesen einzelne Menschen während des gesamten Naziterrors immer wieder Mut zum Widerstand. Die meisten Menschen aber verfolgten ungerührt, wie Geschäfte geplündert, Wohnungen ausgeraubt, Friedhöfe zerstört und Juden von der SA mitgenommen wurden. Noch öfter schauten sie weg.

Für Thea und Kalli war dies ein schier unerträgliches Schauspiel: Aus dem Busfenster sahen sie auf dem Rückweg brennende Synagogen, gaffende Zuschauer, Juden, die aus ihren Wohnungen gezerrt wurden, teilweise nur im Schlafanzug, manche nackt. Uniformierte und Nichtuniformierte, die mit Geschirr, Gläsern und Kristallleuchtern aus den Häusern kamen und Porzellan und Kristall auf der Straße zerschmissen. Jedes Mal jubelten die brüllenden Grobiane: »Heil Hitler!«

Hitler und die Nazis haben später behauptet, »das Deutsche Volk« hätte an jenem 9. November spontan seine Wut an den Juden ausgelassen. Das war eine Lüge. Die Nazis, vor allem die SA, haben die »Reichskristallnacht« – die manche auch »Reichspogromnacht« nennen, weil »Kristallnacht« für ein so schreckliches Ereignis viel zu schön klingt – geplant, sie haben die Synagogen in Brand gesetzt, die Plünderungen vorgenommen und unzählige unschuldige Menschen mitgenommen.

Zurück im Goldschmidt-Internat. Dort herrschte allgemeine Angst und Erschütterung. Kurz vor Mitternacht rief Thea zu Hause an. Ihre Mutter war am Apparat. »Mutti, es ist furchtbar. Hier werden Synagogen in Brand gesteckt, Juden werden geschlagen oder sogar erschlagen.«

»Hier auch, Kind«, bekam sie als Antwort. »Es ist entsetzlich. Vor einer Stunde hat die SA uns aus dem Schlaf geklingelt, den Vati geschlagen, die Möbel zerschlagen und den Vati in Unterhosen verschleppt.« Thea und Gretl weinten.

»Ich will raus aus Deutschland, Mutti«, schluchzte Thea. »Wir alle müssen raus aus Deutschland, sonst bringen die Nazis uns um.«

Am nächsten Morgen versammelte die Schuldirektorin, Frau Dr. Leonore Goldschmidt, alle Schüler. »Meine lieben Schüler, ihr habt es gesehen oder gehört. Seit heute Nacht ist unser Leben in Hitler-Deutschland noch unsicherer als zuvor. Ich bitte die Schüler, die in Berlin wohnen und nicht in unserem Internat leben, nach Hause zu gehen. Einzeln, nicht in Gruppen. Das wäre zu gefährlich. Und bitte durch den Hinterausgang, denn am Haupteingang stehen Schlägertrupps der SA. Die von auswärts kommenden Internatsschüler sollten so schnell wie möglich nach Hause fahren. Ihr wisst, wie gerne wir euch haben und wie gerne wir euch hierhaben, aber wir Juden können jetzt nur noch eines versuchen: unser Leben zu retten. Die Nazis wollen ein ›judenreines‹ Deutschland. Deshalb müssen wir Juden raus aus Deutschland, sonst sind wir bald alle tot.«

Thea und Kalli nahmen den nächsten Zug nach Bamberg. Im Abteil direkt neben ihnen ein dicker Mann mit rundem Schädel, groben Zügen und Händen so groß wie Schaufeln. Ans Jackett geheftet das Abzeichen der Nazi-Partei, von Nazi-Gegnern »Partei-Bonbon« genannt. Als Thea eine Bockwurst mit Senf aß, passierte es: Die Wurst fiel runter. Patsch, klatsch, Wurst und Senf auf dem Boden, knapp vorbei an dem Nazi.

»Watt is'n dett für 'ne Sauerei. Pass doch uff!«, fluchte der Mann.

Sauerei? Thea wurde Angst und Bange: »Sagt er jetzt Judensau zu mir und holt die SA?«

Aber nein. Nichts passierte. Glück gehabt.

Vom KZ Dachau, dem Teufel und der Hölle

Wieder zu Hause in Bamberg waren Theas Mutter und die beiden Schwestern Häuflein Elend: »Die SA kam gestern Abend und hat wie meschugge gegen die Wohnungstür geschlagen«, erzählte meine Oma Gretel. »Der Vati hat geöffnet. Im Schlafanzug. ›Raus mit euch Scheißjuden‹, schrie einer der Männer. Der Vati sagte: ›Das ist gewiss ein Irrtum. Ich bin ein treuer Deutscher. Ich habe im Krieg für Deutschland gekämpft und einen Orden bekommen.‹ – ›Kleb dir deinen Orden an deinen Judenarsch‹, schrie der SA-Mann, holte seinen Schlagstock und hieb dreimal auf Vati ein. Er blutete, die SA hat ihn weggezerrt. In Unterhosen. Es war eiskalt. Sie haben ihn nach Dachau gebracht.«

Dachau – das Konzentrationslager, kurz: KZ. Das KZ Dachau bei München.

Wie Vieh wurden außer meinem Opa Justus an jenem 9. November 1938 viele, viele Juden ins KZ Dachau und in andere Konzentrationslager gebracht. Was die Nazis dort mit den Gefangenen machten und wie sie gequält wurden, gehört zu den schlimmsten Dingen, die jemals passiert sind.

Wie konnte das passieren? Wie kam es, dass sich so viele Menschen an so schrecklichen Dingen beteiligt haben? Wir wissen: Es gibt überall und immer gute und schlechte Menschen. Die Brutalität und der Hass der Nazis übertrugen sich in Hitler-Deutschland selbst auf Menschen, die normalerweise freundlich waren und nichts Böses wollten. Sie wurden zu sogenannten »Mitläufern«. Der Hass der Nazis steckte an und zog sie mit, sodass sie schreckliche Dinge taten, die sie sich vorher nie hätten vorstellen können.

In Dachau und anderen KZs wurden Menschen von ihren eigenen Mitmenschen unmenschlich behandelt. Sie mussten hungern, bis zum Umfallen arbeiten und viele von ihnen überlebten diese unmenschlichen Verhältnisse nicht. Und es kam noch schlimmer: Später, in den letzten Jahren von Hitlers Herrschaft, gab es noch grausamere deutsche KZs als Dachau. Das waren KZs, in denen die Juden systematisch ermordet wurden. Das schlimmste von ihnen hieß Auschwitz: Es wurde während des Zweiten Weltkriegs erbaut und allein dort wurden über eine Million Juden ermordet.

Totale Demütigung: Häftlinge im KZ Dachau

Für alle, die von diesen Taten der Nazis erfahren, stellt sich bis heute die Frage: Eigentlich ist der Mensch gut und das Leben schön. Wie kommt es, dass trotzdem solche schrecklichen Dinge passiert sind, hier in Deutschland, vor nicht mal hundert Jahren? Wieso waren Menschen zu anderen Menschen so grausam und machten ihnen das Leben zur Hölle? Wie war das möglich? Ihr habt alle vom Teufel und von der Hölle gehört. Man hat euch wahrscheinlich erzählt, dass der Teufel an seinem Hinke-Pferdefuß, den Hörnern und dem langen Schwanz zu erkennen wäre. Dass der Teufel in der Hölle wohnt, wo es bullenheiß ist. Das sind erfundene Geschichten.

Den Teufel gibt es nicht wirklich. Aber es gibt Menschen, die voller Hass sind und vor lauter Hass Dinge tun, die wir »teuflisch« nennen würden. Und immer wieder verleiten diese Menschen andere Menschen dazu, ebenfalls Böses zu tun. So einer war Hitler: Er hasste, er wollte Böses, und er brachte viele seiner Untertanen dazu, ebenfalls Böses zu tun.

Woran erkennt man unter den vielen wohlmeinenden Menschen die, die es nicht sind? Nun, man erkennt sie an dem, was sie sagen und was sie tun. Wenn Menschen hasserfüllt sind, wenn sie anderen Mitmenschen Böses wollen, dann sind sie keine guten Menschen. Bei Hitler hätte man gleich erkennen können, dass er alles andere als ein guter Mensch war: Von Anfang an rief er seine Anhänger zur Vernichtung und Ermordung anderer auf. Über sechs Millionen Juden wurden seinetwegen ermordet, viele weitere mussten fliehen und alles aufgeben, was sie hatten. Die Juden vor allem, aber auch solche, die anders dachten als er.

Am Ende zählten zu Hitlers Opfern auch diejenigen, die ihn unterstützten: Ein Jahr nach der eben beschriebenen »Reichskristallnacht«, im September 1939, begann Hitler den Zweiten Weltkrieg. Der dauerte fast sechs Jahre und viele seiner Anhänger, die für seine Ideen in den Kampf zogen, fielen im Krieg. Hitler hat auch über sie großes Unglück gebracht.

Zum Glück für uns, die wir heute dieses Buch lesen, sind die dunklen Nazi-Jahre schon lange vorbei. Für die meisten von uns ist das Leben wunderschön, auch wenn es das Paradies auf Erden nicht gibt. Damit so etwas wie die Hitlerzeit nicht wieder passiert, sollte man immer wachsam sein. Wenn man sieht, dass andere Menschen schlecht behandelt werden, sollte man niemals mitmachen, sondern dafür sorgen, dass dies aufhört.

Ein dunkles Lichterfest

In der dunklen Jahreszeit feiern Menschen so gut wie überall und in allen mir bekannten Religionen ein Lichterfest. Menschen hatten und haben immer eine gewisse Angst vor der Dunkelheit. Sie ist ihnen unheimlich. Je dunkler, desto größer das Bedürfnis jedes Menschen nach Licht. Auch darin unterscheiden sich Juden in keiner Weise von Nichtjuden und Erwachsene nicht von Kindern.

Das Lichterfest der Christen heißt ... – ja, genau: Weihnachten. Das jüdische Lichterfest heißt Chanukka und wird ungefähr zur gleichen Zeit gefeiert: Ende November oder im Dezember. Natürlich feiern Juden dann nicht die Geburt Jesu Christi. Chanukka bedeutet »Einweihung« und die Juden feiern dann einen Sieg, den ihre Vorfahren nicht gerade vorgestern, sondern vor rund 2200 Jahren errungen haben. Gefeiert wird der Sieg über die Syrer und die Hellenisten, die Griechen von damals. »Seleukiden« hießen sie.

Vor mehr als zweitausend Jahren lebten die Juden in Judäa, dem damaligen Königreich der Juden im heutigen Israel. In der Hauptstadt Jerusalem stand ihr größtes und wichtigstes Gotteshaus: der Jerusalemer Tempel. Doch die Hellenisten eroberten Judäa und wollten die Überleben-

Die siebenarmige Menora vor dem Israel Parlament (Knesset) in Jerusalem

den unter den Juden aus dem alten Israel vertreiben. Sie verboten die jüdische Religion und entweihten das größte Heiligtum der Juden: Sie verdreckten den Jüdischen Tempel von Jerusalem und wandelten ihn in einen Tempel des höchsten griechischen Gottes, Zeus, um. Neben vielen anderen Göttern verehrten die Hellenisten auch ihren König als Gott. Dieser König hieß Antiochos, genauer: Antiochos IV., denn vor ihm hatten schon drei andere Könige dieses Namens geherrscht.

Als Theas jüngste Schwester Ruth am Chanukka-Abend 1938 diese Geschichte hörte, fiel ihr auf, dass die mehr als zweitausend Jahre alte Geschichte dem ähnelte, was die Juden in Hitler-Deutschland erlebten.

Die neunarmige Chanukkia

»Wie meinst du das?«, fragte Thea.

»Na, ist doch klar. Die Juden wurden vor zweitausend Jahren verfolgt und ermordet und jetzt sind wir dran. Außerdem haben die Hellenisten ihren König als Gott verehrt. Wie hieß der noch?«

»Antiochos.«

»Die alten Hellenisten haben König Antiochos als Gott verehrt und die Deutschen von heute verehren den Führer Adolf wie einen Gott.«

Ruth hatte recht. Die Geschichte schien sich zu wiederholen. Aber es gab einen Riesenunterschied: Die Juden im alten, biblischen Judäa ließen sich die Judenverfolgung nicht gefallen. Sie griffen zu den Waffen und besiegten die Syrer. Das konnten die deutschen Juden nicht, denn sie

Thea, Lea und Michael Wolffsohn feiern mit seinen Vettern Jigal und Juwal in Israel Chanukka, ca. 1951

hatten keine Waffen, mit denen sie gegen Hitler und die anderen Nazis hätten kämpfen können.

Der jüdische Feldherr, der im alten Judäa gegen die Syrer kämpfte, hieß Juda Makkabäus. Was damals geschah, beschreiben die Makkabäerbücher in der Bibel.

In der Bibel gibt es verschiedene Arten von Geschichten. Manche sind wahr, andere ein bisschen wahr und andere sind ausgedachte Wundergeschichten. Wahr ist, dass die Syrer damals die Juden angegriffen haben, den Jerusalemer Tempel entweihten und dann von Makkabäus und seinen Leuten besiegt und vertrieben wurden. Die Wundergeschichte von Chanukka erzählt, dass es nach dem Sieg der Makkabäer im Jüdischen Tempel nur noch wenig

Öl gab. Das Öl benutzte man damals anstelle von Kerzen in der »Menora«, dem siebenarmigen Tempel-Leuchter. Die Menora ist bis heute das wichtigste Zeichen für das Judentum.

Das Öl reichte nur noch für einen Tag, doch siehe da, ein Wunder geschah: Der Legende nach brannte das Menora-Licht acht Tage lang! Deshalb feiern Juden bis heute jedes Jahr acht Tage lang das Chanukkafest: Jeden Abend wird im Leuchter eine Kerze mehr entzündet. Allerdings hat die »Chanukkia« – der Leuchter, der an Chanukka benutzt wird – nicht acht Arme, sondern neun: acht für die Brenndauer des Öls und einen zur Erinnerung daran, dass die Ölmenge ohne Gottes Eingreifen eigentlich nur für einen Tag gereicht hätte.

So wie Ostern und das Pessachfest sich ähneln, waren in Theas Kindheit das Weihnachtsfest der Christen und Chanukka der Juden kaum unterscheidbar: An Heiligabend spendet der Christbaum Licht, an Chanukka die Chanukkia. Man stürzt sich nicht gleich auf die Geschenke, sondern singt vorher. Neben Liedern gibt es kurze Gebete.

Wie Weihnachten war und ist auch Chanukka ein fröhliches Fest. Wochenlang vorher werden Plätzchen gebacken. Die heißen nicht Weihnachtsplätzchen, sondern Chanukkaplätzchen. Sie schmecken ähnlich, es kommt nur darauf an, ob die Plätzchen gut schmecken. Auch das ist bei Christen und Juden gleich.

Im Dezember 1938 gab es zwischen den Feiern der jüdischen und christlichen Familien allerdings einen Riesenunterschied: Für die meisten Christen in Deutschland war Weihnachten, wie stets, ein fröhliches Fest, für die Juden war dieses Chanukka dagegen ein tieftrauriges. Die Chanukkia-Kerzen leuchteten, aber im Herzen der Juden, auch bei den Saalheimers, herrschte Dunkelheit. Wie Justus waren viele Juden seit der Kristallnacht in der KZ-Hölle.

»Mutti, backen wir dieses Jahr keine Chanukkaplätzchen und feiern wir denn nicht Chanukka?«, fragte Theas Schwester Ruth.

»Spinnst du?«, schimpfte Thea. »Der Vati ist im KZ, und was mit uns passiert, wissen wir nicht. Und da willst du feiern?«

Doch wieder Glück im Unglück: Ein Jahr später, 1939, feierten die Saalheimers Chanukka in Britisch-Palästina, in Tel Aviv. Sie waren gerettet. Das war fast ein Wunder. Wunder gibt es offenbar nicht nur in der Bibel, sondern auch im wirklichen Leben. Manchmal.

Glück im Unglück: Justus in Dachau

Zurück zum Winter 1938: Wie erging es Justus im KZ Dachau?

Nach seiner Einlieferung wurde als Erstes die Sträflingskleidung verteilt.

»Die ist zu eng«, beklagte sich Justus.

»Wart ab, bald wird's dir schon passen«, lautete die Antwort. Und genauso kam es: So wenig zu essen bekamen die Häftlinge im KZ, dass Justus nur noch Haut und

Knochen war, als er nach einigen Monaten aus dem KZ heimkehrte.

Anders als viele andere, die draußen in der eisigen Kälte arbeiten mussten, hatte Justus dennoch Glück: Er kam in die Schreibstube. Dort musste er mit seiner gestochenen Handschrift ein Formular nach dem anderen ausfüllen. Der Aufseher schaute das jeweilige Formular an – und zerriss es. Einmal, zweimal, immer wieder.

»Ich werde das immer so weitermachen«, sagte er.

Nun verstand Justus.

Kennt ihr die »Märchen aus 1001 Nacht«? Dort erzählt Scheherazade Abend für Abend Märchen, um nicht sterben zu müssen. Ähnlich war es bei Justus: Der KZ-Mann ließ Justus die immer gleichen Formulare vollschreiben, damit er scheinbar etwas zu tun hatte und nicht wie viele andere in der Kälte schuften musste. So sicherte er ihm die relative Annehmlichkeit der Schreibstube.

Flucht aus Deutschland – Gerettet in Israel

Während Justus' Zeit im KZ war Thea und ihrer Mutter klar: Sobald der Vater aus dem KZ entlassen wurde, mussten sie so schnell wie möglich raus aus Deutschland!

Doch raus aus Deutschland, das war im Winter 1938/39 mehr Wunsch als Wirklichkeit: Die Juden, die noch in Deutschland waren, mussten um ihr Leben fürchten, denn kein Land war mehr bereit, weitere Juden aufzunehmen. Oma Gretl und Thea fuhren von Stadt zu Stadt – nach Frankfurt, München, Berlin und von einem Botschafter oder Konsul zum anderen. Wie Bettler flehten sie dort um die Erlaubnis, in deren Länder einreisen zu dürfen. Amerika, Großbritannien, Frankreich, Niederlande, Belgien, Dänemark, Schweden, Norwegen undundund – vergeblich. In all diesen Ländern schimpften die Menschen auf Hitler und die Nazis. Manche weinten vor Mitleid, sie stöhnten und klagten: »Ach, die armen Juden in Deutschland. Dort werden sie von Hitler und den Nazis beraubt, geschlagen und sogar ermordet. Wie gemein.«

Ja, sehr gemein. Aber geholfen hat den verfolgten Juden damals niemand. Niemand wollte die Juden, die sie so bedauerten, in ihrem Land aufnehmen. Von überall bekamen Gretl und Thea Absagen.

Dann die Rettung, an die kaum einer noch glaubte: Die Saalheimers erhielten ein Einreisevisum nach Britisch-Palästina!

Palästina, das war das Land, in das sowohl Gretls Bruder Alfred als auch Justus' Bruder Fredi schon Jahre zuvor ausgewandert waren.

»Palästina ist kein erstrebenswertes Ziel.« Das hatte Theas Nürnberger Oma, Marie Bickart, gesagt, die dort Anfang 1938 ihren Sohn Alfred besucht hatte.

Alfred hatte seine fast achtzigjährige Mutter geradezu bekniet, in Palästina zu bleiben. Sie hätten in ihrer Wohnung in Jerusalem ein schönes Zimmer für sie. Ein Zimmer? Theas Oma war in Nürnberg einen Wohnpalast gewöhnt, dazu feinste Kleider, das beste Essen und eifriges Personal. Nein, Palästina mochte zwar vor zweitausend Jahren mal die Heimat der Juden gewesen sein, doch die junge jüdische Gemeinde Palästinas mit ihren einfachen Lebensverhältnissen sei nichts für sie, fand Oma Marie und kehrte nach Nürnberg zurück.

Nach der »Kristallnacht« bereute sie dies bitter: Selbst Palästina wollte diese Masse an einreisewilligen Menschen nicht mehr aufnehmen. Das haben die Briten verhindert. Sie wollten den arabischen Teil der Bevölkerung, die Palästinenser, nicht verärgern. Das hat viele Juden das Leben gekostet.

Doch im Frühjahr 1939 gelang es Justus' Bruder Fredi, der in Tel Aviv als Bankdirektor arbeitete, den fünf Bamberger Saalheimers die Unterlagen für die Einreise nach Britisch-Palästina zu besorgen. Sobald die Nazis Justus aus dem KZ Dachau ließen, packte die Familie die Koffer. Nur wenig durften sie mitnehmen, fast alles behielten die Nazis. Auch das Geld der Saalheimers: Sie mussten eine sogenannte »Reichsfluchtsteuer« bezahlen und fast ihr gesamtes Eigentum aufgeben.

Nur von ihrem feinen Geschirr der Nymphenburger Porzellanmanufaktur und dem Silberbesteck durften sie die siebenfache Menge mitnehmen. Wie das und warum?

»Wie viel seid ihr in der Familie?«, fragte einer der Nazis, als sie all ihr Hab und Gut abgeben sollten. »Fünf? Na, dann nehmt das Siebenfache mit.«

Auch bei den Nazis gab es manchmal so etwas wie Menschlichkeit oder Gewissen.

Der Abschied von Deutschland

Selbst im KZ hatte Justus seine Lebensfreude nicht verloren. Da er sein Geld nicht mitnehmen durfte, beschloss er, so viel wie möglich davon auszugeben, um wenigstens noch etwas Luxus zu genießen: Für die Schifffahrt übers Mittelmeer nach Haifa in Palästina buchte er deshalb zwei Prachtkabinen auf einem Luxusdampfer.

Die Abfahrt aus Nürnberg war herzzerreißend. Oma Gretls Mutter, die Witwe Marie Bickart, stand mit den fünf Saalheimers tränenüberströmt auf dem Bahnsteig. Anders als Thea, ihre Schwestern und die Eltern hatte die alte Dame keine Einreiseerlaubnis nach Palästina bekommen. Alle wussten: Nie wieder werden wir uns sehen. Bald wird Großmutter Marie ins KZ kommen und dort sterben.

Abfahrt. Der Zug fuhr los, Marie Bickart winkte und weinte, Thea, ihre beiden Schwestern und Eltern winkten und weinten. Mit der Bahn fuhren sie nach Italien. Von dort brachte sie das Schiff im März 1939 nach Britisch-Palästina. Seit Mai 1948 ist es der Jüdische Staat und der heißt Israel.

Wie befürchtet, wurde Theas Großmutter Marie kurz danach wie Schlachtvieh in einen Eisenbahnwaggon gepfercht und ins KZ Theresienstadt gebracht. Viel später erst erfuhren Thea und ihre Familie, dass sie dort verhungert war, wie so viele andere Juden, die nicht mehr aus Deutschland rausgekommen waren.

Thea und ihre Kleinfamilie waren jedoch gerettet.

Kapitel 2

Die Welt meines Vaters: »Heil Hitler«, Koteletten-Schmidt, Scala und die Gartenstadt Atlantic

Judenkinder dürfen »Heil Hitler« sagen

An jenem Tag im Mai 1935 strahlte die Sonne über Berlin. Willi Wolffsohn, mein späterer Onkel, war damals noch Jugendlicher. Er strahlte ebenfalls. »Unser Sportlehrer hat uns Judenkindern erlaubt, ›Heil Hitler‹ zu sagen«, berichtete er seiner Mutter Recha. Sie wurde viel später meine Großmutter und ich nannte sie Sabta.

»Bist du völlig von Sinnen?«, empörte sich Recha. »Hitler und seine Nazis nehmen uns Juden alles weg, was wir haben, und dann wollen sie uns entweder aus Deutschland verjagen oder ermorden. Und du Idiot freust dich, dass Judenkinder ›Heil Hitler‹ sagen dürfen. Hast du vergessen, was die Nazis dem Vati und damit unserer Familie schon alles geraubt haben? Die ›Lichtburg‹ in Essen. Eines der größten Kinos in Deutschland, gleich neben dem Dom. Oder das Varieté-Theater ›Scala‹, wo du mit deinem Bruder Max die Comedian Harmonists gehört hast.«

»Meinst du die, die das Lied ›Veronika, der Lenz ist da‹ singen?«

»Ja, genau die meine ich. Bald dürfen sie nicht mehr

Willi Wolffsohn als Jugendlicher

auftreten, weil drei der sechs Sänger Juden sind und die Nazis die Gesangsgruppe verbieten lassen wollen. Aber nein doch, Herr Willi Wolffsohn, mein kluger Herr Sohn, jubelt, weil er ›Heil Hitler‹ sagen darf. Na denn, gute Nacht.«

Willis Begeisterung darüber, dass Judenkinder »Heil Hitler« sagen durften, scheint mindestens so schwer verständlich wie das »Heil Hitler«, das Thea und ihre jüdischen Klassenkameraden an der katholischen Schule in Bamberg den Nonnen nachplapperten. Warum freuten sich Willi, Thea und die anderen Judenkinder, den Mann loben zu dürfen, der sie aus Deutschland raushaben wolle? Um das zu verstehen, müssen wir uns in die Lage jener Judenkinder und des Sportlehrers versetzen, der die Erlaubnis erteilt hatte. Es kam in der Nazi-Zeit oft vor, dass die Schüler einer Schule vor anderen Leuten, darunter SA-Männern, »Heil Hitler!« oder irgendeinen anderen Quatsch brüllen mussten.

Wir stellen uns vor: Alle Schüler stehen da und schreien »Heil Hitler!«. Was, wenn klar erkennbar, einige Schüler nicht mitschreien? Die SA-Männer sehen: Da rufen einige nicht mit. Jetzt geht ein SA-Mann auf diese Schüler zu. Zuerst zu Willi Wolffsohn: »Na, du Lausehammel, du hast wohl was gegen unseren Führer Adolf Hitler.«

Sagt ein anderer SA-Mann: »Das ist bestimmt ein Judenschwein.«

Fragt der erste SA-Mann den Willi: »Bist du ein Judenschwein?«

Willi antwortet: »Jude ja, Schwein nein.« Was passiert wäre, kann man sich leicht denken: Willi wäre aus der Schule raus- und ins Gefängnis oder KZ reingeflogen. Wenn Willi und die anderen Judenkinder nach außen wie alle anderen auftraten, bestand diese Gefahr nicht. So schrecklich und unvorstellbar es ist: In Hitlers Nazi-Deutschland mussten alle Angst haben, die nicht wie die anderen »Heil Hitler« brüllten. Sie machten also mit aus Angst. Sie wollten nicht als Juden erkannt werden, denn sie wollten in Ruhe gelassen werden.

Bei Willi Wolffsohn kam noch etwas dazu: Er war ein hervorragender Leichtathlet. Beim 800-Meter-Lauf war er so schnell, dass er Chancen hatte, deutscher Meister zu werden. Doch dazu musste sein Sportlehrer erlauben, dass Willi sich zu den dafür notwendigen Vorläufen anmeldete.

Schrecklich, aber wahr: Ohne den »Heil Hitler!«-Ruf wäre das für den Lehrer und Willi unmöglich gewesen.

Der Sportlehrer erteilte Willi die Erlaubnis – doch der Schuldirektor entschied sich dagegen: »Was, ein Judenschwein soll Deutscher Meister werden? Kommt nicht infrage!«

Das war das Ende von Willis Sport-Karriere. Eine Nazi-Gemeinheit, typisch für Hitlers Deutschland. Aber manchmal führt das Schlechte zum Guten: Nachdem er nicht zur Deutschen Meisterschaft durfte, erkannte Willi nämlich: »Was immer ich mache, hier in Hitlers Deutschland zählt nicht, dass ich der Willi Wolffsohn bin. Es zählt in Hitlers Deutschland nur, dass ich Jude bin. Und was auch immer wir Juden hierzulande machen wollen, wird verboten oder verhindert. Hitler und die Nazis tun alles, damit wir Juden Deutschland verlassen. Oder sie ermorden uns vorher.«

Nachdem er das erkannt hatte, wurde Willi Zionist. Zionisten waren damals die Juden, die ins Heilige Land zogen, dorthin, wo die Juden vor 2000 Jahren gelebt hatten. Im Land ihrer Ahnen wollten die Zionisten den Jüdischen Staat Israel gründen. Nur dort, glaubten sie, würden sie als Juden frei leben können. Wer da Meister im 800-Meter-Lauf werden wollte oder auch Meister im Nasenbohren, würde dafür keine Erlaubnis von Sport- oder Popellehrern brauchen, auch nicht von Direktoren. Meister würde, wer am schnellsten lief oder am besten popelte.

Als Willi Wolffsohn beschloss, Zionist zu werden, gab es Israel nicht als Jüdischen Staat. Das Land hieß damals »Britisch-Palästina« und dort herrschten noch die Engländer. Dort waren aber schon Zionisten, die den Jüdischen Staat vorbereiteten. Ihnen wollte sich Willi anschließen. Er verkündete seinem Vater, meinem späteren Opa Karl: »Ick werd Bauer in Palästina.«

Opa Karl fiel aus allen Wolken. Er hatte gehofft, dass Willi nach der Schule auf die Universität gehen und studieren würde. Er sollte ein gelehrter Mann werden, Doktor Willi Wolffsohn oder, noch besser, Professor Dr. Willi Wolffsohn. Und wenn schon nicht Doktor oder Professor, dann zumindest ein erfolgreicher Unternehmer wie der Herr Papa, am besten in den Unternehmen des Vaters. Der besaß vor der Hitler-Zeit Zeitungen und Zeitschriften, Kinos und diverse Veranstaltungsstätten auf dem Gebiet der Unterhaltung wie zum Beispiel Musik, Zauberei oder Clownerei. Außerdem gehörte ihm die große Berliner Wohnanlage Gartenstadt Atlantic.

Dass ihre Kinder viel und gut lernen, haben sich jüdische Eltern schon immer gewünscht. Seit vielen Hundert Jahren. Ach, was sage ich, seit ungefähr zweitausend Jahren. Einen gelehrten Sohn oder eine gelehrte Tochter wünschen sich Juden noch mehr als einen reichen Sohn oder eine reiche Tochter. Geld kann man nämlich schnell verlieren. Was man gut und richtig gelernt hat, vergisst man dagegen nicht. Und mit dem vielen Gelernten kann man überall und immer wieder Geld verdienen, auch wenn man es vorher verloren hat. Opa Karl dachte daher: Geistige Arbeit, nicht körperliche Arbeit ist das Richtige für meinen Willi. Willi als Bauer in einer israelischen Sand- oder Steinwüste?! Verrückt!

Das Ideal der Sozialistischen Frühzionisten: Bauer in Palästina

Doch Willi ließ sich davon nicht abbringen: »Erstens will ich das unbedingt und zweitens will ich weg, bevor ich von Hitler und den Nazis abgeschlachtet werde. Ihr solltet Hitlers Nazi-Deutschland auch verlassen, und zwar so schnell wie möglich. Besser vorgestern als übermorgen.«

Gesagt, getan: 1935 verließ mein späterer Onkel Willi Hitler-Deutschland und wurde »Bauer in Palästina«. Sein Vater hielt Willi für plemplem, doch das war Willi herzlich egal.

Was weder Opa Karl noch Willi wussten: Jemand aus ihrer engsten Umgebung beobachtete damals die Wolffsohns und schwärzte Willi bei den Nazis an. Der Unbekannte hatte Willi heimlich fotografiert und schickte das Foto, ohne seinen Namen zu nennen, an die Zeitung »Der Stürmer«. »Der Stürmer« war das schlimmste Hetzblatt der Nazis. Auf die Rückseite des Fotos schrieb er: *»Der Judenteufel persönlich. Wolffsohn jr, Sybelstr., Inh. Von Luftbild Bühne, Friedrichstrass 225«*. Eine Berliner Ausstellung mit Leserbriefen an den »Stürmer« im Jahre 2020 hat das gruselige Papier gezeigt. Richtig hieß Opa Karls Verlag »Lichtbildbühne« und Willi war natürlich nicht der »Inhaber«, sondern der Sohn des damaligen Inhabers. Solche Verleumdungen und Hetzkampagnen gegen Juden gab es damals oft. Ganz offensichtlich bezweckte der Unbekannte Willis Festnahme. Willi hatte also eindeutig den richtigen Riecher, als er sich so früh entschloss, aus Deutschland auszuwandern!

Lehrer »Koteletten-Schmidt«

Mein Vater Max war, anders als sein Bruder Willi, kein sportlicher Typ, und deshalb musste ihm weder sein Sport- noch ein anderer Lehrer »erlaubten«, »Heil Hitler« zu sagen. Unter uns: Max hat das nie bedauert. Willis Sportlehrer war ja trotz seines »Heil Hitler!« ganz nett und meinte es vielleicht sogar gut mit den jüdischen Schülern. Bei »Koteletten-Schmidt«, Max' Lateinlehrer, wussten alle: ein echter Nazi. Er hatte eigentlich jeden Schüler »auf dem Kieker«, doch jüdische Schüler ganz besonders. Er kritisierte, attackierte und schikanierte seine Schüler, wo, wann und wenn er nur konnte. Er konnte oft, weil er oft wollte. Als überzeugter Nazi piesackte er die jüdischen Schüler noch brutaler.

Wisst ihr, was »Koteletten« sind? Wahrscheinlich Kalbs- oder Schweinekotelett, denken wohl die meisten heutigen Kinder und Jugendlichen, denn Koteletten sind seit Längerem aus der Mode geraten. Pustekuchen. Die Koteletten, die ich meine, sind die an den Ohren vorbeiführenden Seitenhaare von Jungs und Männern. Manchmal sind diese Koteletten kurz, manchmal länger oder lang, je nach Mode oder Manneslaune.

Max' Lehrer Koteletten-Schmidt unterrichtete Latein in der Oberstufe. Das heißt Schüler, die mindestens 16 Jahre alt waren. Dieser Pauker (das Wort »Lehrer« ist auf ihn bezogen viel zu freundlich, also verwende ich das damalige Schimpfwort der Schüler) benutzte vorzugsweise die Koteletten seiner Schüler als Strafinstrument. Man könnte sogar von einem Folterinstrument sprechen. Ohrfeigen oder, ihr erinnert euch an Thea, Rohrstock-Prügel durften die Lehrer damals verteilen, aber Nazipauker-Schmidt bevorzugte die mindestens so schmerzhafte Koteletten-Methode. Das lief dann eines Tages im Jahre 1935 beim Abfragen der Vokabeln ungefähr so ab:

»Wolffsohn, aufstehen!«, bellte Schmidt. »Was ist das lateinische Wort für Esel?«

»Equus.«

»Quatsch. Equus ist das Pferd. Was ist das lateinische Wort für Esel?«

»Weiß ich nicht.«

»Aber ich weiß, dass du ein Esel bist! Was ist ›Fluss‹ auf lateinisch?«

»Rhenus.«

»Dummkopf. ›Rhenus‹ ist der Name für den Rhein, aber nicht die allgemeine Bezeichnung eines Flusses. Die lautet ›fluvius‹. Und wenn wir schon beim Rhein sind, sag ich dir, dass du als Jude diesen Flussnamen besser nicht aussprechen solltest! Der Rhein ist nämlich der deutscheste aller deutschen Flüsse: ›Es klang ein Lied vom Rhein / Ein Lied aus deutschem Munde‹, das dichtete schon vor ungefähr hundert Jahren unser großer deutscher Dichter Ernst Moritz Arndt. Wenn du, Max Wolffsohn, mit deinem Judenmund vom Rhein sprichst, entweihst du diesen heiligen deutschen Fluss, denn Juden können keine Deutschen sein. Die Juden können kein Latein und richtig Deutsch sowieso nicht. So wie du, du kleiner, mieser Jud!«

Nun ging Schmidt auf Max zu, packte mit seiner rechten Hand die linke Kotelette meines späteren Vaters und zog ihn ein paar Meter durchs Klassenzimmer. Max schrie vor Schmerz.

Dann passierte etwas, womit keiner rechnete, am wenigsten Koteletten-Schmidt. Abraham Silbermann, ein jüdischer Klassenkamerad, Einser-Schüler in Latein, Deutsch, Mathe und anderen Fächern, stand auf. Er war der Klassenbeste, aber kein Strebertyp: »Jetzt reicht's aber!«, rief er. »Wir Juden lassen uns viel gefallen, aber nicht alles. Wenn der Wolffsohn – egal ob Jude, Deutscher oder Chinese – keine Ahnung von Vokabeln hat, geben Sie ihm einfach eine Sechs. Aber unterlassen Sie gefälligst den Judenblödsinn, den Sie da verzapfen, und lassen Sie

Wolffsohns Koteletten los. Sind Sie Lateinlehrer an Berlins bestem Gymnasium oder SA-Schläger?«

Koteletten-Schmidt lief rot an wie ein gekochter Hummer. »Wir Deutschen lassen uns nicht länger von euch Juden unterdrücken, dafür sorgt unser Führer. Ihr Juden seid allmächtig, ihr plant die Jüdische Weltverschwörung und wollt in der ganzen Welt die Macht ergreifen. Weil ihr hier in Deutschland die Presse beherrscht, denkt ihr, ihr könnt uns weiter unterdrücken. Aber da ist euch unser Führer mit unserer Bewegung zuvorgekommen! Wir drehen jetzt den Spieß um.«

Abraham Silbermann antwortete jetzt ganz ruhig: »So so, wir Juden sind also allmächtig. Ach ja, wie lehrreich. Wie kommt es dann, dass wir angeblich so mächtigen Juden seit dreitausend Jahren immer und überall verfolgt, beraubt oder ermordet werden? Zwei Jüdische Reiche wurden vor über zweitausend Jahren zerstört. Dann wurden wir aus Jerusalem und Judäa nach Rom und Europa verschleppt. Dort hat man uns immer wieder verfolgt, vertrieben und ermordet. Und jetzt habt auch ihr Nazis unter Hitlers Führung mit der Verfolgung angefangen und wollt das bis zum Ende durchführen. Wir sind dagegen machtlos. Aber Sie behaupten, wir wären allmächtig.«

»Der Führer wird die Judenfrage bis zum Ende lösen«, unterbrach ihn Koteletten-Schmidt. »Die Juden müssen weg, damit ihr Bazillus Deutschland und die Welt nicht mehr infizieren kann.«

Nun war Abraham Silbermann nicht mehr zu bremsen.

Er wusste, er hatte nichts mehr zu verlieren, denn Schmidt, der Direktor und die Nazis würden ihn nach diesem Disput von der Schule feuern. Vor den staunenden Augen seiner Mitschüler (auch von Max, der froh war, dass er aus der Schusslinie war) ließ Abraham seinen Worten freien Lauf. »Sie wollen uns allen einreden, wir Juden könnten keine Deutschen sein und könnten auch kein Deutsch? Warum habe ich dann in Deutsch seit Jahren eine Eins? Und vergleichen Sie doch mal die tollpatschige Deutschtümelei Ihres großen deutschen Dichters Ernst Moritz Arndt mit dem eleganten Deutsch des deutschen Juden Heinrich Heine. Oder haben Sie nichts von Heine gelesen, weil er Jude war? Großer Fehler! Und Sie glauben ernsthaft, wir Juden beherrschen die deutsche und die internationale Presse und unterdrücken euch arme Deutsche? Wenn wir wirklich so mächtig wären, könntet ihr Nazis doch wohl nicht all diese schrecklichen Sachen mit uns machen! Und wenn wir Juden wirklich so einen großen Einfluss auf Schriftsteller, in der Literatur, den Zeitungen und im Radio haben – wie kommt es, dass so viele Deutsche 1933 die Nazis wählten? Fällt Ihnen nicht auf, dass Sie Unsinn reden?«

»Aber ihr Juden beherrscht die Wirtschaft!«, versuchte Schmidt den Argumenten entgegenzusetzen. »Euch gehören Banken und Kaufhäuser. Mit eurer Wirtschaftsmacht treibt ihr weltweit die Weltverschwörung voran.«

Doch Abraham konnte auch diesen Einwand entkräften. »Das ist auch Unsinn. Keine einzige große deutsche Bank gehörte Juden, als die Nazis 1933 an die

Macht kamt, nur manche kleinen. Und danach haben Sie uns die kleinen jüdischen Banken wie alle jüdischen Firmen und Kaufhäuser sofort geraubt und das ›Arisierung‹ genannt. Und jetzt, hochverehrter Herr Koteletten-Schmidt, verlasse ich diese Klasse, diese Schule und dieses Land. Meine Eltern und ich, wir wandern nach Zion aus, das noch Palästina heißt. Wir lassen uns nicht von euch Nazis oder anderen wie Vieh zur Schlachtbank führen.«

Abraham Silbermann packte wortlos seine Mappe und verließ die Schule für immer.

»Na, dann packen Sie doch Ihre Sachen und hauen Sie ab, Sie unverfrorener Bengel!«, rief Koteletten-Schmidt ihm hinterher. »Aber eines sag ich Ihnen: Sie mögen reich werden wie alle Juden, aber Deutschland kann froh sein, einen so ungehobelten Menschen loszuwerden.«

Tatsächlich wanderte Silbermann mit seiner Familie nach Britisch-Palästina aus. Im späteren Israel war er ein hochgeachteter Gelehrter. Reich wurde er nie, so wenig wie alle Juden oder alle Deutschen oder alle Franzosen reich sind.

Anders als sein Klassenkamerad Silbermann kam mein Vater Max tatsächlich aus einem reichen Elternhaus. Zumindest bis 1933, bis Hitler und die Nazis an die Macht kamen. In den Jahren danach raubten sie das ganze Familienvermögen. Das nannten sie, wie von Silbermann erwähnt, »Arisierung«. Bevor ich erzähle, wie Max' Vater, mein Opa Karl, erst reich und dann wieder arm wurde, sollten wir ein paar typische Nazi-Wörter erklären. Woher kam das Wort »Arisierung«?

»Arier« nannten die Nazis die Menschen, die von den Germanen abstammen. Dies waren für sie die einzigen richtigen Menschen – und die allerwichtigsten von ihnen waren die Deutschen. Alle anderen »Rassen«, wie die Nazis es nannten, waren für sie »Untermenschen«. Am schlimmsten waren für die Nazis die »Semiten«, zu denen die Juden gehören. Ihnen nahmen sie all ihren Besitz weg.

Das altgriechische Wort für »gegen« ist »anti«. Weil die Nazis gegen die Semiten, also gegen die Juden, waren, nannte und nennt man sie auch die »Antisemiten«: Ein Antisemit ist jemand, der gegen Juden ist.

Auch meinem Opa Karl wurde, wie allen deutschen Juden, von den antisemitischen Nazis sein Vermögen weggenommen. Egal, ob das jeweilige Vermögen der deutschen Juden groß oder klein war, die Nazis raubten es und nahmen es für Deutsche, die sie »Arier« nannten.

Die Nazis benutzten das Wort »Arier«, um alle anderen sogenannten »Nicht-Arier« zu diskriminieren, also abzuwerten, sie unmenschlich zu behandeln und um die Arier mächtig und reich zu machen. Ich vermeide in diesem Text deshalb die Nazi-Wörter »Arier« oder »Arisierung«. Sie gehören ins »Wörterbuch des Unmenschen«. Unmenschen sind Menschen, die andere Menschen unmenschlich und menschenverachtend behandeln, so wie die Nazis es taten.

Viel Geld – ehrlich verdient

Woher kam der Reichtum meines Opas Karl?

Mein Opa Karl hatte immer gute Ideen. Ging er in den Bergen spazieren, schaute er um sich herum und dachte: »Da würde ich einen Sessellift hinbauen. An der Endstation ein Café oder ein Restaurant« und so weiter und so weiter.

Als Opa Karl ein junger Erwachsener war, gab es schon lange Zeitungen, doch Filme waren gerade erst erfunden worden und Kinos erst gegründet. Dass es mal Fernsehen oder Internet geben würde, wusste damals niemand. Einfallsreich, wie Karl schon damals war, überlegte er: »Die Leute gehen gern ins Kino. Bestimmt wollen sie auch etwas lesen über die Filme, die sie im Kino sehen. Ich habe eine Idee: Ich mache Zeitungen über das Kino und für das Kino.« Und da es allmählich immer mehr Filme und immer mehr Kinos gab, wuchs die Zahl derer, die Karl Wolffsohns Film-Zeitschriften kauften.

Je mehr Zeitungen verkauft wurden, desto mehr Geld verdiente Opa Karl, und so wurde er reich. Mit seinem Geld kaufte und baute er Kinos. Große Kinos, in die viele Menschen reinpassten: Die »Lichtburg« in Essen und in Berlin, die damals zu den größten Kinos in Deutschland gehörten. Außerdem kaufte er eine Siedlung mit vielen Wohnhäusern: die Gartenstadt Atlantic in Berlin.

Manche Menschen werden reich, weil sie andere Menschen, die für sie arbeiten, ausbeuten oder weil sie ihre Käufer übers Ohr hauen, indem sie viel zu hohe Preise

Karl Wolffsohn, 1931

verlangen. Anders Opa Karl: Was er anbot, hatte Qualität, und es war für jedermann bezahlbar. Weil viele Leute sich das, was Opa Karl anbot, leisten konnten, bekam er zwar von jedem Einzelnen wenig Geld. Doch das wenige Geld von diesen vielen Leuten machte ihn am Ende eben auch reich.

Ich will das erklären. Sagen wir, es kamen in ein Kino von Opa Karl 100 Personen und jeder bezahlte für eine Karte eine Mark (damals gab es keinen Euro), dann bekam Opa Karl 100 mal eine Mark, macht zusammen 100 Mark. Wenn ein anderes Kino für eine Karte 10 Mark verlangte und wenn des hohen Preises wegen nur 5 Leute eine Karte kauften, dann bekam dieses Kino nur 50 Mark. Opa Karl verdiente also das Doppelte.

Die Gartenstadt Atlantic in der Behmstraße in Berlin-Gesundbrunnen, 1928

Die Dinge, die Opa Karl anbot, konnte sich jeder leisten, weil nichts davon teuer war. Außer Opa Karl dachten und handelten viele Juden wie er: Sie boten ihre guten Waren für möglichst wenig Geld an. Das ist die Wahrheit. Doch Hitler und die Nazis verdrehten die Wahrheit. Sie behaupteten: »Alles, was Juden verkaufen oder anbieten, ist erstens Mist und zweitens viel zu teuer. Deshalb sind die Juden Schweine.«

Wer waren die Schweine: Juden wie Opa Karl oder Hitler und seine Nazis?

Vor Hitler: Max' und Willis Kindheit

Mein Vater Max wurde 1919 geboren, drei Jahre vor meiner Ima Thea. Er wuchs in einem reichen Elternhaus auf. Beneidenswert, mögen viele von euch denken: Die Wolffsohns hatten eine herrliche, große Stadtwohnung mitten in Berlin. Dort lebten sie vom Herbst bis zum Frühling. Das Sommerhalbjahr über wohnten sie in ihrer 14-Zimmer-Parkvilla am wunderschönen Stölpchensee am Stadtrand. Dann fuhr Paul Pötzschner, der Chauffeur, die beiden Söhne, Willi und Max, mit Karls Auto in die Schule.

Doch der Reichtum der Familie hatte auch einen Nachteil, denn die Eltern waren eher selten zu Hause. Max war der jüngere der beiden Wolffsohn-Söhne. Er war stiller, braver und ängstlicher als sein fröhlicher, draufgängerischer älterer Bruder Willi.

Max litt sehr darunter, dass seine Eltern so viel weg waren. Nun gut, Vater Karl musste viel arbeiten, er war überall und nirgends. Aber die Mama? Max sehnte sich sehr nach mütterlicher Zuwendung, doch Mutter Recha war ebenfalls oft nicht da. Vor allem abends gingen Karl und Recha oft weg. Die Zwanzigerjahre des letzten Jahrhunderts werden häufig die »Goldenen Zwanziger« genannt: Der Erste Weltkrieg war vorbei und die Menschen genossen ihr Leben in vollen Zügen. Auch Recha und Karl stürzten sich gern ins Berliner Nachtleben. Die Kinowelt, in der Karl arbeitete, erwachte erst am Abend und nach den vielen Filmpremieren mussten Filme und Schauspieler gefeiert werden. Da

Paul Pötzschner vor dem Auto der Familie Wolffsohn mit Schäferhund, damals der Deutschen Liebling

blieb Recha keine Zeit für Gutenacht-Geschichten, abendliche Streicheleinheiten und Gutenacht-Küsse. Die bekam Max von »Tante Dada«, der Gouvernante, die für Max wie eine zweite Mutter wurde. Manchmal auch von ganz anderen, wie die folgende Episode aus Max' Kindheit zeigt:

Plumps, da war es passiert. Max war im Garten des Sommerhauses am Stölpchensee von der Wippe gefallen. Die Lippe blutete heftig. Was tun? Wer hilft? Wo ist Papa Karl? Im Verlag. Wo ist Mama Recha? Im KaDeWe, dem schicken Kaufhaus des Westens. Ein neues Abendkleid suchte sie. Wo ist Dada? In der Küche. Max' Jammern hörte sie nicht.

Max Wolffsohn als Kind

Brumm, brumm. Es raucht, stinkt, rattert und knattert. Zufällig kommt Heinrich Fraenkel, Journalist und Freund der Familie, auf seinem Motorrad zu Besuch. »Hallo!«

Er sieht Max am Boden, weinend, blutend. Hopp, auf den Rücksitz des Motorrads und ab ins Krankenhaus, wo die Lippe genäht wurde.

»Ach ja, Heinrich Fraenkel war ein guter Freund«, erinnerte sich Sabta Recha noch Jahrzehnte später dankbar, wenn sie die lebenslang sichtbare Narbe auf Max' Lippe sah. Mein Aba Max bekam dann allerdings immer noch Herzstechen, denn dann kamen die Erinnerungen an die Mama, die so oft nicht da war, hoch.

Recha Wolffsohn, geborene Landecker, Mitte der 1920er Jahre

Noch ein Wort zu Heinrich Fraenkel. Ich lernte ihn lange danach kennen. Ein kluger, witziger Mann und wunderbarer Kauz. Er rauchte eine Zigarre nach der anderen. Die Asche fiel regelmäßig dahin, wo sie nicht hinfallen sollte, fast nie in den Aschenbecher, manchmal aufs Hosenbein. Pech gehabt, Loch gemacht. Seinen Koffer packte er nach Lust und Laune, geradezu rekordverdächtig schlampig. Zack, zack, einfach reinwerfen. Und wenn der Koffer nicht zuging, eins, zwei drei, draufsetzen, quetschen, schließen.

Das Wichtigste: Heinrich Fraenkel war einer der Ersten, die nach den Hitler-Verbrechen fachkundige Bücher über die Hitler-Verbrecher schrieben. »Was«, staunten manche, »wie kann ein Jude so sachlich über die Nazi-

Verbrecher schreiben?« Ja, er konnte das, viele Juden und natürlich auch Nichtjuden können das. Sachlichkeit bedeutet ja nicht, dass man das, was man richtig beschrieben hat, gut findet. Anständige Menschen verstehen sofort und von alleine, dass Raub, Mord und Totschlag unentschuldbar sind. Man muss ihnen das nicht auch noch tausendmal sagen, denn dann werden sie eher bockig. Das geht jedem so. Oder nicht?

Zurück zu Max. Ein anderes Erlebnis prägte sich ihm noch mehr ein: Eines Morgens, 1924, wachten Willi und Max auf, und die Eltern waren weg. Ohne ein Wort des Abschieds und ohne vorab etwas zu sagen, waren sie verreist. Über den Atlantik mit der »MS Deutschland« in die USA, für vier lange Monate. Blankes Entsetzen und heiße Wut bei Willi, unendliche Traurigkeit bei Max. Während die Eltern über den Großen Teich tuckerten, tröstete Dada die beiden Jungs. Max und Willi haben Recha später deswegen oft bittere Vorwürfe gemacht. Dann weinte sie sehr. Das hinderte sie freilich nicht daran, ihre Söhne lebenslang herumzukommandieren.

Ich erinnere mich an einen Familiensonntag im Garten des Bungalows am Stölpchensee. Willi war ungefähr fünfzig. Er solle ihr die Gartenliege hierher bringen, herrschte sie ihn an. Nein, dorthin. Besser da. Dort! Und so weiter und so fort. Willi, der sonst so aufmüpfig war, folgte seiner Mami wie ein dressiertes Hündchen.

Es wird dunkel: Nazis rauben die »Lichtburg«

Als die Nazis 1933 die Macht übernahmen, waren nicht nur die »Goldenen Zwanzigerjahre« mit ihren vielen fröhlichen Festen endgültig vorbei – die Familie Wolffsohn verlor nach und nach alles, was Opa Karl über viele Jahre aufgebaut hatte.

Eigentlich hätte es Opa Karl, ebenso wie mein Bamberger Opa Justus, besser wissen müssen. Mindestens so gut wie sein Sohn Willi, der Deutschland viel früher verließ als der Rest der Familie. Warum? Dazu einige Geschichten. Ihr erinnert euch: Mit seinem kleinstädtischen Bamberger Rechtsanwalt hatte Opa Justus gerne und gut zusammengearbeitet. Als er den Anwalt zu einem Abendessen nach Hause einladen wollte, bekam er die Antwort: »Geschäfte ja, Freundschaft nein.« Wortwörtlich dasselbe musste sich Opa Karl im groß- und weltstädtischen Berlin anhören. Er wollte einen langjährigen, sehr guten Geschäftspartner mit dessen Frau zu sich einladen. Bei einem leckeren Abendessen mit gutem Wein sollte die gute Zusammenarbeit vertieft werden. »Geschäfte ja, Freundschaft nein.« Das war die Antwort auf Opa Karls Einladung.

Was das bedeutete, war eigentlich klar: »Wenn ich dich, Wolffsohn oder Saalheimer, nicht mehr brauche und an dir nichts mehr verdiene, dann kannst du mir den Buckel runterrutschen.« Und wenn dann Leute wie Hitler und die Nazis kamen, die die Juden vertreiben wollten oder noch Schlimmeres im Schilde führten, unternahmen Menschen wie jener Bamberger Rechtsanwalt oder der Berliner Geschäftsfreund nichts, um die Juden zu retten. Nein, mitgemacht, mitgeraubt, mitgetötet haben solche feinen Leute nicht, aber sie haben weggeschaut. Ach, hätten doch Opa Justus, Opa Karl und so viele andere Juden richtig hingeschaut und hingehört – und vor allem: verstehen wollen!

Das Verstehen fiel meinen Großvätern und anderen Juden auch deshalb schwer, weil sie nicht nur solchen Feiglingen begegneten, sondern auch vielen anständigen Deutschen. Egal, ob es um Juden oder Nichtjuden ging, diese Leute fragten sich nicht: »Was nützt mir dieser Mensch?« Oder: »Wie viel Geld verdiene ich durch diesen Menschen?« Sie fragten sich stattdessen: »Ist das ein netter, liebenswerter Mensch?«

Einer von diesen anständigen Deutschen war Herr Kreisler, der Fahrer von Opa Justus. Wochentags kutschierte er Opa Justus in dessen Chrysler (das war die amerikanische Automarke, die Justus fuhr) herum, sonntags ging er als guter Katholik in den Bamberger Dom, wo 1934 auch sein Sohn getauft wurde. Wer war zur Taufe im Dom eingeladen? Ja, Justus und Gretl. Und wie nannte der katholische Herr Kreisler seinen Sohn? Richtig geraten: Justus. Herr und Frau Kreisler wollten mit diesem Vornamen ihre Verbundenheit mit Opa Justus, dem Juden, für jedermann sichtbar machen. Das war für Nichtjuden in der Hitler-Zeit mutig, sogar mordsgefährlich. Andere, die ähnlich wie die Kreislers handelten, wurden übel zusammengeschlagen oder bedroht.

Ähnlich anständige Deutsche waren Paul und Eli Pötzschner. Paul Pötzschner war bei Familie Wolffsohn Fahrer und Hausmeister, Eli Pötzschner, seine Frau, war Hausmädchen. So nannte man damals Frauen, die im Haus alles erledigten: Einkaufen, Kochen, Servieren, Abdecken, Abwaschen, Wäschewaschen, Saubermachen. Hitler und die Nazis hatten es »Ariern«, also Nichtjuden, verboten, bei und für Juden zu arbeiten. Eli und Paul pfiffen auf dieses Verbot. Das war für sie gefährlich. Sie taten es trotzdem.

Es gab viele Deutsche wie die Kreislers und die Pötschners. Doch leider nicht genug. Und solche wunderbar menschliche Menschen machten es den deutschen Juden verständlicherweise so schwer, »die« Deutschen, also alle Deutschen, für gefährlich zu halten. Das waren sie auch nicht. Aber Hitler und die Nazis waren es. Und die saßen an den Hebeln der Macht. Die Nazis befahlen der SA, der SS, der Polizei und dem Militär.

Diese Nazis sorgten sehr früh dafür, dass Opa Karl fast seinen ganzen Besitz verlor.

Opa Karl hatte überall in Deutschland große Kinos. Eines der ganz großen Kinos gibt es heute immer noch, genauer, gibt es wieder: die »Lichtburg« in Essen. Sie steht in der Fußgängerzone, gleich neben dem Dom. Im Zweiten Weltkrieg, von dem ich am Ende dieses Kapitels erzähle, verloren enorm viele Menschen ihr Leben und unzählige Städte, auch deutsche, wurden in Schutt und Asche gelegt. Eines von vielen zerstörten Gebäuden war die Essener Lichtburg. Als sie nach dem Krieg wiederaufgebaut wurde, da gehörte sie Opa Karl allerdings längst nicht mehr, denn die Lichtburg war ihm gleich zu Beginn von den Nazis geraubt worden. Und das geschah so:

Fernsehen gab es damals noch nicht, wohl aber Radio und Zeitungen. Weil die Presse, also Radio und Zeitungen, die Meinung der Menschen beeinflussen kann, übernahmen Hitler und die Nazis gleich nach der Machtergreifung die Kontrolle über die Presse. Die alten Zeitungsmacher – die meisten waren übrigens keine Juden – wurden entweder entlassen oder sie mussten von nun an schreiben, was die Nazis befahlen. Wer nicht gehorchte, kam ins KZ.

Kurz nachdem Hitler Deutschlands Diktator geworden war, konnte man in Essener Zeitungen lesen, welche Kinos Juden gehörten. Diese, so empfahlen die Nazis, sollten »anständige Deutsche« nicht mehr besuchen. Was folgte, kann man sich leicht ausmalen: Immer weniger Besucher kamen in die Lichtburg. Der Essener Obernazi befahl Opa Karl, das Kino zu schließen oder es an »echte Deutsche« zu verkaufen.

»Das werde ich ganz bestimmt nicht tun«, meinte Opa Karl. Es würden ganz viele Leute dort Filme ansehen, wenn die Nazis aufhörten, auf die Bürger Druck auszuüben, dass sie nicht mehr in die Lichtburg kommen sollten.

»Das könnte dir so passen, du stinkiges Judenschwein«, antwortete ihm der Essener Obernazi und machte Karl ein hinterhältiges Angebot: »Weil wir Nationalsozialisten anständige Deutsche sind, nehmen wir Ihnen die Lichtburg nicht einfach weg, Herr Wolffsohn. Dann bekämen

Sie keinen Pfennig. Nein, wir Nationalsozialisten erlauben Ihnen, die Lichtburg an echte Deutsche zu verkaufen.«

Opa Karl blieb nichts anderes übrig, als sich dem Druck zu beugen. Der Essener Obernazi sorgte dafür, dass er die Lichtburg »für 'n Appel und 'n Ei«, also für einen Spottpreis, an einen angeblich echten Deutschen – er war natürlich ein strammer Nazi – verkaufte.

Bekam Opa Karl nach dem Krieg, als Hitler längst tot war, die Essener Lichtburg zurück? Nein. Bekam er wenigstens etwas Geld als Ausgleich? Diese Art von Ausgleich nennt man »Entschädigung«. Die Antwort lautet: Nein, er bekam keine Entschädigung.

Leider erging es fast allen Juden so wie meinem Opa Karl. Die Nazis raubten ihnen ihr Eigentum, die Hälfte von ihnen floh, die andere Hälfte wurde ermordet, und die Überlebenden bekamen, wenn überhaupt, nur einen Bruchteil der geraubten Güter zurück. Das gilt auch für die nächste Opa-Karl-Geschichte in Hitlers Deutschland. Sie ist ebenfalls alles andere als einzigartig. So oder anders ist es vielen Juden in Hitler-Deutschland ergangen.

Nazi-Räuber in der »Scala«

Anders als der Raub der Lichtburg geschah die Enteignung eines anderen Unternehmens von Opa Karl zum Teil mit nackter Nazi-Gewalt: dem der Berliner »Scala«, einem berühmten Berliner Varietétheater. Das

Das Varietétheater »Scala« in Berlin

gehörte ihm ebenso wie die »Plaza«, ein anderes Varietétheater.

In einem Varieté werden auf der Bühne nacheinander verschiedene, einander abwechselnde Programmpunkte geboten. Ein riesiges Gebäude war die Scala, und riesig waren auch Bühne und Saal. Mehr als tausend Personen bot er Platz. Hier konnte man alles Mögliche bewundern: schöne, junge Frauen, die zu flotter Musik tanzten, mit dem Popo wackelten oder ihre Beine in die Luft schwangen, und weltberühmte Akrobaten: Clowns wie Grock und Charlie Rivel oder Jongleure wie Enrico Rastelli. Der warf drei, vier, fünf, zehn und mehr Bälle gleichzeitig in die Luft und fing sie sicher wieder auf. Wenn's ganz spannend sein sollte, hielt er gleichzeitig eine brennende Fackel im Mund.

Großartige Sänger und Musiker traten in der Scala auf. Die einen zwitscherten Lieder, die anderen schmetterten knackige Opernarien.

Ein Lied, das viele kannten und mochten, war dieses:

Warum, warum, warum?!
Ist die Banane krumm?
Warum hat der Tisch vier Beine
Aber Füße keine?
Warum legt der Hahn kein Ei?
Warum sagt man Mamalade, aber Papagei?
Darum, darum, darum
Ist die Banane krumm?
Darum, darum, darum!
Wer nicht fragt bleibt …
Du-du-du-dumm, du-dumm, du-dumm!

Zugegeben, es gibt klügere Lieder- und erst recht Buchtexte. Aber die Scala war keine Schule, wo man meistens langweiligen Lehrern zuhören muss. In die Scala gingen die Leute, weil sie entspannen und ihre Sorgen für einige Stunden vergessen wollten. Und zur Entspannung gehört für viele auch ganz bewusstes Blödeln.

Von der Mailänder Scala, dem berühmtesten Opernhaus der Welt, kamen die berühmtesten Sänger und Sängerinnen in Opa Karls Berliner Scala. *»Reich mir die Hand, mein Leben«*, schmetterte etwa Don Giovanni aus der gleichnamigen Oper von Mozart. Die Angebetete Zerline antwortete:

Nein, nein, ich darf's nicht wagen
Mein Herz warnt mich davor
Fühlt man's so ängstlich schlagen
hat man was Böses vor.

Böses vor, das hatten auch die Nationalsozialisten, nachdem sie an die Macht gekommen waren. Hass und Gewalt schlugen Opa Karl und seinen Mitarbeitern von der SA von Anfang an entgegen. Sie führte sich in der Scala noch brutaler auf als gegenüber Opa Justus und Thea in Bamberg am 1. April 1933, dem Tag des Boykotts der jüdischen Geschäfte.

Zu Opa Karl und in die Scala kam die SA bereits im März 1933. Das Varieté-Programm interessierte sie nicht die Bohne. Sie stellten sich Opa Karl vor, indem sie sich vor die Scala stellten und die Besucher vor dem Eintritt abschreckten. Ohne Besucher keine Einnahmen, und ohne Einnahmen muss der Jude Wolffsohn den Scala-Laden dichtmachen, dachten sie. Auf Geheiß von Obernazi Joseph Goebbels sollten sie die so beliebte und gut besuchte Scala, wie sie es nannten, »judenrein« machen. Als Opa Karl Wolffsohn nicht willens war nach- oder aufzugeben, machte ihm die SA klar: »Wenn du nicht freiwillig gehst, nehmen wir uns die Scala mit Gewalt.« Genau so geschah es.

Wer und was war Joseph Goebbels, der Opa Karl raus aus der Scala und alle Juden raus aus Deutschland haben wollte? Das muss ich erklären, bevor ich Opa Karls Scala-Geschichte fortsetze. Jedes Theater und jeder Film hat einen Regisseur. Ähnlich ist es in der Politik. Regisseur Nummer eins in der deutschen Politik ist seit jeher die Person, die Kanzler ist. Heute, in unserer Bundesrepublik Deutschland, heißt diese Person »Bundeskanzler« oder, wie Angela Merkel, »Bundeskanzlerin«. Bis zur Hitlerzeit hieß die Nummer eins der Politik im damaligen Deutschen Reich »Reichskanzler«. Seit dem 30. Januar 1933 war Adolf Hitler Reichskanzler, ab August 1934 lautete sein Titel »Reichskanzler und Führer«.

Um die Deutschen für seine Ziele zu gewinnen und zu begeistern, brauchte Hitler Propaganda. Propaganda ist in der Politik das, was im Fernsehen die Werbung ist. Für seine Propaganda hatte Hitler gleich zu Anfang und bis zum Ende einen teuflischen Mann eingestellt. Der hieß Joseph Goebbels. Wie Hitler wollte er, dass die Deutschen ihrem Führer in allem und in alles folgten. Der Schreihals namens Adolf Hitler, der beim Reden immer wild mit den Armen fuchtelte, sollte wie ein Gott verehrt werden. Immer wieder predigte Goebbels den Deutschen den Satz: »Führer befiehl, wir folgen dir!« Mit diesem Satz wollte Goebbels den Deutschen Folgendes sagen: »Hört auf, selbst zu denken. Lasst euch lieber von Hitler lenken. Hängt euren Verstand an der Garderobe auf.«

Nun muss man wissen, dass Hitler, Goebbels und die Nazis immer behaupteten, sie wären die echten Vertreter des Deutschen Volkes. Sie nannten das Deutsche Volk gerne »Volk der Dichter und Denker«. Diese Redewendung haben die Nazis nicht erfunden. Sie war und ist so unwahr wie etwa die Behauptung »Alle Juden und alle

Josef Goebbels, Hitlers Propagandaminister

Engländer sind Genies«. Es gibt überall und immer Dichter und Deppen, Denker und Dussel.

Einer der wirklich größten deutschen Denker – er hieß Immanuel Kant und ihr werdet später viel über ihn hören – hatte genau das Gegenteil gewollt. 150 Jahre vor Hitler sagte er den Deutschen, nein, allen Menschen: »Habe den Mut, dich deines eigenen Verstandes zu bedienen.« Was meint ihr? Soll man sich seines eigenen Verstandes bedienen oder einem Führer folgen?

Das alles musste gesagt werden, um zu verstehen, was für ein Mann jener Joseph Goebbels war, der Hauptgegner meines Opa Karl im Kampf um seine Scala. Joseph Goebbels war als Chef der Nazi-Propaganda auch für Kino, Theater, Zeitungen, Bücher und Varietés wie die

Scala zuständig. Aus diesem so beliebten und weltbekannten Varieté sollten alle Juden, die dort arbeiteten, raus, und zwar möglichst schnell. Den Auftrag hierfür erteilte Goebbels der SA und der Feldpolizei. Normalerweise soll die Polizei den Bewohnern eines Staates helfen, für Recht und Ordnung zu sorgen. Im heutigen Deutschland heißt es, die Polizei ist »dein Freund und Helfer«. In Hitlers und Goebbels Nazi-Deutschland war die Polizei für Juden, Nazikritiker und Nazigegner aber das Gegenteil: Da war sie Feind und Henker.

Trotz mehrfacher Besuche der SA-Schläger gab Opa Karl die Scala nicht auf. Die Folge: Die SA bekam Verstärkung. Nun kamen zu meinem Opa Karl die Herren der Dresdner Bank. Mit ordentlichem Haarschnitt, manche mit Poposcheitel und Schmissen im Gesicht, also Narben vom Kampf mit Schwertern. Gekleidet waren die Herren in weiße Hemden, dunkle Anzügen mit Nadelstreifen und mit Krawatte. In der Hand trugen sie Aktentaschen.

Die Bank hatte Karl Wolffsohn für den Auf- und Ausbau der Scala viel Geld geliehen. Das machen Banken, das ist ihr Geschäft: Sie leihen ihren Kunden Geld – Kredit nennt man das. Den Kredit zahlt der Kunde zurück. Das heißt Tilgung. Über die Tilgung hinaus bekommt die Bank zusätzliches Geld, denn sonst würde sie nichts daran verdienen, dass sie anderen Geld leiht. Dieses zusätzliche Geld heißt »Zinsen«. Wenn man zum Beispiel von der Bank 100 Euro geliehen bekommt, dann muss man 100 Euro zurückzahlen, also tilgen. Aber dann hätte die Bank 100 Euro verliehen und 100 Euro zurückbekommen. Wie könnte, wie sollte die Bank ihre Angestellten allein durch die Tilgung bezahlen? Unmöglich. Dafür zahlt der Bankkunde Zinsen. Sagen wir 10 Euro. Wenn die Bank von vielen Kunden 10 Euro Zinsen bekommt, kann sie ihre Angestellten zahlen und zusätzlichen Kunden, die Geld brauchen, welches verleihen.

Karl Wolffsohn hatte Zins und Tilgung, wie es sich gehört, korrekt bezahlt. Nun behaupteten aber die scheinbar feinen Herren von der Bank das Gegenteil: »Sie haben nicht korrekt bezahlt. Wir zeigen Sie bei der Polizei an.« Das war eine glatte Lüge. Doch in Hitlers Deutschland galten Gegenbeweise von Juden nichts. Die nichtjüdische Bank konnte noch so viel lügen, sie bekam Recht. Wozu das führte? Bald war Karl Wolffsohn nicht mehr Eigentümer der Scala. Sie war ihm auf Befehl des obersten »Führers«, Hitler, sowie unter der Regie des kleineren Führers Joseph Goebels geraubt worden. Geraubt bedeutet: Karl verlor die Scala und bekam für das Riesengebäude samt dessen teurer Einrichtung und Geräten 0,000 000 Mark.

Gegen diese Dinge war Opa Karl machtlos. Seinem Freund Otto sagte er dazu: »Die Nazis nehmen mir einen Betrieb nach dem anderen weg. Sie sind Räuber. Als Jude kann ich nichts dagegen machen. Wenn ich es versuche, stecken sie mich ins KZ. Das Wichtigste ist, dass meiner Familie und mir nichts passiert.«

Max

Jeder kleine Junge wird eines Tages ein junger Mann. Dann schaut er sehnsüchtig auf die jungen Frauen, die er zuvor als »kleine Mädchen« geärgert und gehänselt hatte.

Max war nun 16 und ging in die Tanzschule. Tango, Foxtrott, Charleston, Cha-cha-cha, Walzer lernte er da. Damals tanzte man das noch begeistert. In Max' Augen tanzte die strohblonde Carolin Hakenschwert* besonders reizvoll, und wenn sie sich vorbeugte, konnte Max sogar einen schnellen Blick auf ihre hübschen runden Brüste erhaschen. Kurzum, Max war bis über beide Ohren in Carolin Hakenschwert verknallt. Knallrote Ohren bekam er, wenn er sie ansprach. Noch röter als knallrot wurden sie, wenn sie ihn kess blickend ansprach. Dann prickelte es in seinem Bauch.

Für Max war klar: Er wollte Carolin, sie wollte ihn. Und so fragte er seine Mutter: »Mutti, hättest du etwas dagegen, wenn ich Carolin Hakenschwert heirate?«

Fast fiel Recha der Wattebausch aus der Hand, mit dem sie sich gerade abschminkte. Schnell fasste sie sich: »Natürlich nicht. Aber wenn Carolin dir gefällt, musst du sie ja nicht gleich heiraten. Ihr könnt erst einmal gute Freunde sein und dann sehen, ob ihr wirklich zueinanderpasst und zusammenbleiben wollt. Du magst sie offenbar, aber mag sie auch dich?«

---

* Der Name »Carolin Hakenschwert« ist frei erfunden; die Person gab es aber tatsächlich.

Max als Lehrling in Halle an der Saale, 1938

»Ja, das hat sie mir gesagt.«

»Schön. Hat sie das ihren Eltern gesagt? Auch ihrem Vater?«

»Keine Ahnung.«

»Schade, denn ich kann mir kaum vorstellen, dass der Herr Papa und die Frau Mama von dir begeistert wären.«

»Warum? Bin ich denn hässlich oder fett? Stottere ich? Bin ich doof? Gemein? Pupse oder popele ich in Gesellschaft oder bin ich sonst irgendwie ein Mistkerl?«

»Keineswegs. Aber du bist nun mal jüdisch.«

»Na und?«

»Was heißt ›Na und‹? Weißt du denn nicht, dass Herr

Hakenschwert, der Vater von deiner Carolin, ein strammer Nazi ist? Er ist bei der SS.«

Aus der Traum von Max' Zukunft mit Carolin. In Hitlers Nazi-Staat durften Nichtjuden schon sehr bald nicht mehr mit Juden verkehren. Das galt als »Rassenschande« und war von nun an strafbar.

1938 ereilte Max dasselbe Schicksal wie seine spätere Frau Thea: Vor dem planmäßigen Abitur musste er seine bisherige Schule, das Bismarck-Gymnasium, verlassen. Juden durften nicht mehr mit »arischen« Deutschen auf derselben Schule lernen, hatten die Nazis beschlossen. Holterdipolter musste für Max, der ja ohnehin nie ein sonderlich guter Schüler gewesen war, ein beruflicher Ausweg gefunden werden. In Halle an der Saale sollte Max das Fotografen-Handwerk lernen. Fotografie habe etwas mit Film zu tun, befand Papa Karl, und Film plus Wolffsohn, das gehöre zusammen. Max, der zu still war, um sich gegen den Vater auflehnen zu können, fügte sich. Er verließ Berlin und zog nach Halle, aber er hasste jede Minute der Ausbildung. Der Ausbilder war ein 150-prozentiger Nazi, der seinen Lehrling Max piesackte, so oft er nur konnte. Zwar lernte Max das Handwerk schnell, doch der Nazi-Fotograf wollte den »Saujuden« lieber heute als morgen loswerden.

Max fühlte sich in Hitler-Deutschland nicht mehr wohl. Da taten sich gleich zwei Möglichkeiten auf, das Land zu verlassen: Sein Bruder Willi, der sich inzwischen Seew nannte, lebte schon seit Jahren in Britisch-Palästina. Wieder und wieder hatte er versucht, Max zur Emigration nach Palästina zu überreden. Nun hatte er ihm eine Einreisegenehmigung besorgt.

Auch Max' ehemalige Gouvernante Dada, die vom anlehnungsbedürftigen Max in der Kindheit so sehr geliebt worden war, bot ihm eine Möglichkeit, aus Deutschland rauszukommen: Sie lebte seit einigen Jahren in den USA, und sie mochte Max so sehr, dass sie ihm 1938 eine der wenigen heiß begehrten Einwanderungsgenehmigungen in die USA erkämpfte und zukommen ließ.

Doch Max entschied sich für seine Familie. Ende 1938 war es so weit: Nach der Reichskristallnacht floh Max nach Britisch-Palästina.

Dada war tief enttäuscht und so verletzt, dass sie nie wieder von sich hören ließ.

Wie Hitler die »Atlantic« raubte

Den Atlantik kennt jeder. Das große Weltmeer. Ebenso den Pazifik. Doch die Gartenstadt Atlantic hat nichts mit beiden zu tun. Die Gartenstadt Atlantic ist eine große Wohnanlage in Berlin-Gesundbrunnen. Das ist, wie man so unschön sagt, eine Wohngegend von armen Leuten. Die Gartenstadt Atlantic besteht aus 49 großen Häusern mit 500 Mietwohnungen. Mietshäuser gibt es viele, die Gartenstadt Atlantic ist trotzdem anders als andere.

Ihre Erbauer und Erfinder – zu denen gehörte mein Opa Karl – wollten ärmeren Menschen schöne Wohnungen mit Luft, Licht und Sonne zu bezahlbaren Preisen bieten.

Günstige Wohnungen erfreuen jeden, vor allem die Menschen mit wenig Geld. Also war schon das eine gute Idee. Weshalb aber sind Luft, Licht und Sonne erwähnenswert? Weil damals, als die Gartenstadt Atlantic in Berlin-Gesundbrunnen erdacht und gebaut wurde (das war in den Jahren 1925 bis 1929), Wohnungen für arme Leute in der Regel dunkel und klein waren. In Arme-Leute-Wohnungen schien keine Sonne, weil ein Haus direkt neben, vor und hinter das andere gebaut wurde. Dadurch nahm jedes Haus dem anderen das Licht und auch die frische Luft. Die Wohnungen blieben dunkel und muffig, selbst wenn die Sonne schien. Wer zu wenig Sonne abbekommt, wird krank. Die Krankheit nennt man »Rachitis« oder auch die »Englische Krankheit«.

Weil sie in so muffigen und dunklen Wohnungen leben mussten, erkrankten arme Leute, besonders die Kinder, oft an Rachitis. Das genau wollten mein Opa Karl, der Architekt und ihre übrigen Partner, allesamt Juden, verhindern. Ohne es mit Tatütata in die Welt hinauszuposaunen, haben Opa Karl und seine Geschäftspartner eines der größten Vorurteile gegenüber Juden widerlegt: das falsche Vorurteil nämlich, dass jüdische Eigentümer ihre »Mieter auspressen wie eine Zitrone«.

Nicht nur an die Gesundheit und den schmalen Geldbeutel der Menschen hat Opa Karl gedacht, auch an ihre Freizeitvergnügungen. Als Kinomann fiel ihm natürlich gleich ein Kino ein. Gedacht, getan. So entstand in der Berliner Gartenstadt Atlantic eines der damals größten Kinos Europas, das wie das Kino in Essen »Lichtburg«

genannt wurde. Die Lichtburg bot, ebenfalls zu günstigen Preisen, zweitausend Personen Platz. Lichtburg und Gartenstadt Atlantic waren 1930 fertig gebaut.

Dann kamen Hitler und die Nazis. Ihr ahnt, was dann geschah? Auch dieses Eigentum sollte dem Juden Karl Wolffsohn geraubt werden. Doch wie schon im Fall der Scala und der Essener Lichtburg wollte mein Opa Karl nicht klein beigeben. »Kommt nicht in die Tüte«, verkündete er.

Wer am Ende die Kraftprobe gewann, ahnt ihr sicherlich: Im August 1938 rückte die Geheime Staatspolizei (»Gestapo« genannt) an. Diese sogenannte Polizei war weder Freund noch Helfer der deutschen Bürger, schon gar nicht der jüdischen Bürger. Wenn Gestapo-Männer mit Juden redeten, sprachen sie nicht, sie kotzten Wörter aus.

»Sind Sie der Saujude Karl Wolffsohn?«

»Ich bin Karl Wolffsohn. Jude ja, Sau nein. Außerdem männlich. Also keine Sau, auch kein Schwein, sondern Mensch.«

»Halt's Maul, du Judenschwein. Wir sind wegen der Gartenstadt Atlantic da. Du wirst uns das schenken, du jüdischer Geizhals. Wir sind die Herrenrasse und ihr geizigen jüdischen Untermenschen habt uns immer alles gestohlen. Für deine Judenhäuser und dein Judenkino kriegst du von uns keinen Pfennig, du Drecksjude, du.«

»Ich will das nicht hergeben, und ich werde das nicht hergeben«, widersprach Opa Karl.

»Doch, das wirst du. Und weil du dich uns widersetzt und so frech warst, bist du verhaftet.«

Ohne irgendeine Straftat begangen zu haben, kam Opa Karl ins Gefängnis. Noch schlimmer: Nicht in irgendein Gefängnis, sondern in ein Gefängnis der Gestapo. In Gestapo-Gefängnissen, das war damals allgemein bekannt, wurden die Gefangenen noch übler behandelt als in anderen Gefängnissen.

Man sieht: Unter Hitler und den Nazis stand die Welt Kopf. Die eigentlichen Verbrecher waren die Gestapo-Männer. Aber diese Verbrecher steckten Unschuldige wie Opa Karl ins Gefängnis, nicht umgekehrt – wie sonst, wenn es in der Welt mit rechten Dingen zugeht.

Am Ende passierte es genau so, wie von den Männern der Gestapo vorhergesagt: Opa Karl verlor auch die Gartenstadt Atlantic. Trotzdem hatte er, wie Ima Theas Familie, Glück im Unglück. Opa Karl wurde aus dem Gefängnis entlassen. Er und Sabta Recha durften im März 1939 aus Deutschland nach Tel Aviv ausreisen, dahin, wo schon ihre Söhne Max und Willi lebten.

Flucht nach Tel Aviv

Als sie Deutschland verließen, mussten Opa Karl und Sabta Recha das wenige, was sie noch besaßen, zurücklassen. Viel war es nicht mehr, denn so gut wie alles hatten ihnen die Nazis von 1933 bis 1939 geraubt. Glück im Unglück hatten sie dennoch, denn am 1. September 1939 begann Hitler den Zweiten Weltkrieg. Kein Jude kam dann mehr raus aus Deutschland.

Doch der Weg raus war auch für Karl und Recha nicht leicht: Palästina war damals britisch, und die Briten ließen kaum Juden ins Land.

»Warum das?«, fragte ich Sabta Recha, als sie mir in meiner Kindheit von ihrer abenteuerlichen Flucht erzählte. »Die Briten waren doch gegen Hitler. Was hatten die Briten gegen Juden in Palästina?«

»Eigentlich nichts, aber uneigentlich doch sehr viel«, erklärte Sabta. »In Palästina lebten nämlich, damals wie heute, Araber. Die wollten (aus anderen Gründen als die Nazis, aber am Ende doch wie diese) keine Juden im Land haben. Deshalb sagten die Briten: ›Wir lassen keine Juden rein!‹.«

Gemein fand ich das! »Die Briten hätten doch sagen können: ›Diese armen Juden werden von Hitler und den Nazis verfolgt, ihr Leben ist bedroht. Wir lassen sie deshalb rein.‹ Warum wollten das die Briten nicht?«

»Weil in Palästina mehr Araber lebten als Juden«, erklärte Sabta Recha. »Die Araber wollten nicht nur die Juden raus aus Palästina haben, sondern am liebsten auch die Briten. Um beide aus dem Land zu schmeißen, führten die Araber in Palästina seit 1936 Krieg. Dieser Krieg wird ›Arabischer Aufstand‹ genannt. Kurzum, die Briten wollten es sich nicht noch schwerer machen. Sie wollten die Araber besänftigen und machten die jüdische Einwanderung nach Palästina so gut wie unmöglich.«

»Hat das den Briten geholfen?«

»Nicht wirklich. Trotzdem ließen die Briten nur ganz wenige Juden ins Land.«

Zu diesen wenigen zählten die Familien Wolffsohn und Saalheimer.

Im buchstäblich letztmöglichen Augenblick verließen Opa Karl und Sabta Recha Deutschland. Es war eine lebensgefährliche Flucht, denn sie durften zwar ausreisen, aber nicht überall durchreisen. Mit Müh und Not ergatterten sie eine Schiffskabine auf einem Dampfer, der in der belgischen Hafenstadt Antwerpen in See stechen sollte. Um nach Belgien zu gelangen, mussten sie durch die Niederlande. Die niederländische Polizei verhaftete im Frühjahr 1939 jedoch alle Deutschen als »feindliche Ausländer« – selbst Juden, die aus Deutschland flohen. Schlimmer noch, diese angeblich feindlichen Juden aus Deutschland verfrachteten sie in ein niederländisches Lager. Weiterfahrt nach Belgien? Nix da. KZ!

Für das letzte Geld, das sie noch hatten, versteckten sich Karl und Recha in einem umgebauten Lastwagen. Unter der Ladefläche des Lastwagens, die mit Kartoffeln vollgeladen war, befand sich ein von außen unsichtbarer Hohlraum. Dort fanden sechs Personen Platz. Sagte ich »Platz«? Von wegen. Man musste auf dem Bauch oder dem Rücken liegen und während der stundenlangen Fahrt vollkommen ruhig bleiben, besonders beim Grenzübergang oder während der zahlreichen niederländischen Kontrollen. Außer den beiden Wolffsohns waren im Hohlraum noch ein älterer Mann sowie ein junges Ehepaar mit einem sechs Monate jungen Baby. Alles Juden auf der Flucht.

»Das Baby schrie die ganze Zeit und wir alle hatten schreckliche Angst«, erzählte Sabta Recha. »Was, wenn das Baby beim Grenzübergang schreit? Dann hören das natürlich die niederländischen Grenzbeamten, und wir alle kommen ins KZ, auch das Baby! Aber die Mutter des Babys hatte vorgesorgt. Eine halbe Stunde, bevor wir an die holländische Grenze kamen, gab sie ihm Rotwein mit viel Zucker und das Baby schlief ein.«

»Und was passierte an der Grenze?«

»Ein holländischer Grenzer stach mit einer Mistgabel mit voller Wucht in die Kartoffeln auf der Ladefläche. Uns stockte der Atem, aber das Baby schlief fest. Bei der Ausreise das Gleiche. Wir waren gerettet.«

Was Sabta mir damals erzählte, verstand ich trotzdem nicht. Ich war ungefähr so alt wie ihr und hatte von dem Mädchen Anne Frank gehört. Als Hitlers Soldaten 1940, also nach Sabtas und Opa Karls Flucht, Holland erobert und besetzt hatten, versteckten mutige Holländer Anne Frank und ihre Familie in ihrem Haus in Amsterdam, dieser wunderschönen niederländischen Stadt.

»Tja«, sagte Sabta Recha, »leider verhielten sich die meisten Holländer in der Hitler-Zeit nicht so wie dieses wunderbare Ehepaar, das Anne Frank versteckte. Ganz im Gegenteil, viele Holländer haben Juden an die Nazis verraten. Noch mehr als in anderen europäischen Ländern, die von Hitlers Soldaten erobert und besetzt wurden.«

Das war mir neu. »Was, auch in anderen Ländern haben die Einheimischen Juden an die Nazis verraten? Auch in Frankreich oder in Polen?«

»Ja, auch in Frankreich oder Polen, eigentlich überall, wo Hitlers Soldaten waren. In all diesen Ländern spricht

Miep Gies im Versteck der Familie von Anne Frank in Amsterdam

man noch heute ungern und deshalb selten über diese Verräter.«

Lange, sehr lange, nachdem Sabta Recha mir die Geschichte ihrer Flucht aus Deutschland erzählt hatte, auch lange nach Sabtas Tod, traf ich das holländische Ehepaar, das damals Anne Frank und ihre Familie versteckt hatte. Gies war der Nachname dieses Ehepaares. Miep Gies, die Ehefrau, hatte ein Buch über ihre Jahre mit Anne Frank geschrieben. Ich hatte die Riesenfreude und Ehre, ihr Buch gemeinsam mit ihr in einer Münchener Buchhandlung dem Publikum vorzustellen. Nie werde ich diesen Abend vergessen, denn Frau und Herr Gies waren wunderbare, liebe Menschen.

»Woher nahmen Sie damals diesen Mut? Haben auch

viele Ihrer Bekannten wie Sie Juden versteckt?«, fragte ich Frau Gies. Ihre bemerkenswert bescheidene Antwort war eindeutig: »Weil es sich ganz einfach gehört, Menschen in Not zu helfen und zu retten. Wenn man es kann und es nicht tut, verachtet man sich am Ende selbst.«

Gerettet waren Karl und Recha Wolffsohn, als sie im April 1939 in Tel Aviv eintrafen. Richtig heimisch fühlten sie sich dort aber nicht. Wenigstens waren alle vier Wolffsohns wieder zusammen: die Eltern, Max und auch Willi, der nun schon einige Jahre in Palästina lebte und als Bauer auf seinem steinigen Acker schwer ackerte.

Willi nannte sich nun Seew. Seew bedeutet auf Hebräisch Wolf. Den Namen Willi, abgeleitet vom Vornamen »Wilhelm«, dem Namen der letzten deutschen Kaiser, fand Seew »zu deutsch«. Warum? Weil Millionen Deutsche sich damals freiwillig dem Judenhasser und Judenmörder Hitler unterworfen hatten, wollte Seew »nix mit Deutschland, der deutschen Sprache und den Deutschen zu tun haben«. Seinen Nachnamen Wolffsohn fand er dagegen okay, denn dieser Name gilt als »typisch jüdisch«. Und so hieß er nun nicht mehr Willi Wolffsohn, sondern Seew Wolffsohn.

Wie ging es in Europa weiter?

Im Frühjahr 1939 waren nun also meine beiden Eltern und meine vier Großeltern in Britisch-Palästina, wo ich acht Jahre später geboren wurde. Wie es ihnen dort erging, wie sie sich in dem fremden Land einlebten und wie sich meine Eltern Max und Thea endlich kennenlernten, erfahrt ihr im nächsten Kapitel.

Aber wie ging es in Deutschland und in Europa weiter?

Anders als mein zionistischer Onkel Willi hat leider nur die Hälfte der deutschen Juden rechtzeitig verstanden, dass Hitler und seine Nazis die Juden nicht nur schikanieren, sondern ausrotten wollten. Ähnlich in ganz Europa. Von wie vielen Juden spreche ich? 1933 lebten in Deutschland rund eine halbe Million Juden, also 500 000. Der Hälfte von ihnen gelang die Flucht.

Waren diejenigen, die Hitlers Deutschland nicht verließen, so dumm, dass sie die tödliche Gefahr nicht erkannten? Das zu behaupten, ist viel zu einfach. Kein Mensch, weder Juden noch Nichtjuden, konnte sich vorstellen, dass Hitler und die Nazis wirklich alle Juden vertreiben oder gar vernichten und fast die ganze Welt erobern wollten. Hitler und die Nazis hatten das zwar immer wieder verkündet, doch keiner nahm diese Worte ernst. »Worte, Worte, Worte«, meinten die meisten. Leider folgten diesen Worten Taten. Als alle das merkten, war es zu spät: Am 1.September 1939 überfielen die Nazis Polen und es begann der Zweite Weltkrieg.

Jeder Krieg ist entsetzlich, aber dieser Krieg war ein großer und noch schrecklicherer Krieg. Weil er fast in der ganzen Welt tobte, nennt man ihn »Weltkrieg«, genauer: den »Zweiten Weltkrieg«. Schon von 1914 bis 1918 hatte es einen Krieg gegeben, an dem fast die ganze Welt beteiligt war: der »Erste Weltkrieg«.

Hitler hat den Zweiten Weltkrieg am 1. September 1939 begonnen und fast sechs Jahre später, am 8. Mai 1945, verloren. Doch schon vor dem Krieg griff er andere Länder an: Zuerst, im März 1938, kassierte er Österreich. »Anschluss« nannte man das. Österreich hieß seitdem »Ostmark« und gehörte zum Deutschen Reich. »Großdeutschland« hieß es nun amtlich. Danach, im März 1939, zerschlug Hitlers Militär die Tschechoslowakei. Heute sind das zwei Staaten: Tschechien und die Slowakei.

Ab September 1939 eroberte Hitlers Wehrmacht Polen. Bis zu diesem Moment hatten die anderen europäischen Länder versucht, Hitlers Treiben durch Verhandlungen Einhalt zu gebieten. Nach dem Angriff auf Polen verbündeten sich Großbritannien und Frankreich mit Polen und erklärten Hitler den Krieg. Sie nannten sich »Alliierte«.

Zunächst gelang es den Alliierten nicht, die Deutschen zu stoppen. Kein Wunder, denn ihrer Kriegserklärung folgten bis zum Mai 1940 – als Hitler-Deutschland auch Frankreich sowie die Benelux-Staaten angriff – keine Taten. Deutsche Soldaten eroberten und zerstörten viele weitere Länder: Frankreich, Belgien, die Niederlande, Luxemburg, Dänemark und Norwegen, Jugoslawien, Griechenland, Teile Nordafrikas, die riesige Sowjetunion sowie die drei kleinen Staaten im Baltikum: Litauen, Lettland und Estland und später Teile Italiens und Ungarns. Erst als 1941 die Sowjetunion (das heutige Russland) und die Vereinigten Staaten dem Bündnis der Alliierten beitraten, gelang es ihnen, Deutschlands Vormarsch zu stoppen. Bis dahin hatten Hitlers Wehrmacht und die SS ein Riesengebiet erobert und unendlich viele Menschen unterdrückt, gequält, beraubt und ermordet. Dazu zählten besonders viele Juden: Nicht nur deutsche Juden, auch die Juden Polens, der Sowjetunion, Ungarns und aller Staaten, wo deutsche Soldaten wüteten, wurden nun in die KZs gebracht und dort ermordet.

Die vielen Toten des Weltkriegs, Juden ebenso wie Nichtjuden, konnte man nicht genau zählen, so viele waren es. Forscher gehen heute von über 50 Millionen Toten aus, darunter waren 6 Millionen Juden. Zwei unvorstellbare Zahlen! Unvorstellbar schrecklich wäre es gewesen, wenn Deutschland diesen Krieg gewonnen hätte. Dann wäre fast die ganze Welt wie ein Gefängnis oder KZ und Hitler wäre nicht nur der grausame Alleinherrscher Deutschlands gewesen, sondern der Unterdrücker der gesamten Menschheit, der Mörder von noch mehr Juden und noch mehr Nichtjuden.

Dieses noch grauenvollere Schicksal ist der Welt zum Glück erspart geblieben.

Glückskinder, die sie trotz allem waren, sind meiner künftigen Familie Hunger, Zerstörung und Ermordung im KZ erspart geblieben. Für sie begann in Palästina ein ganz neues, doch kein leichtes Leben.

Kapitel 3

In Israel lebend, Deutschland im Sinn

Gerettet und sicher?

Gerettet waren nicht nur die Wolffsohns, sondern auch Thea und die Familie Saalheimer. Nach den dunklen Monaten in Deutschland kamen sie im März 1939 mit dem Schiff in Britisch-Palästina, in der Stadt Haifa, an.

Sonne! Freiheit! Und was für ein Blick – das Meer direkt vor ihnen! Die Gluthitze konnte ihnen nichts anhaben. Die Mädchen waren jung, endlich frei und im siebten Himmel.

Thea und ihre Familie waren Einwanderer de luxe: Sie wurden mit dem Auto abgeholt. Der Fahrer ihres Onkels Fredi, der schon Jahre zuvor nach Britisch-Palästina ausgewandert und dort Bankdirektor geworden war, brachte sie in ein Spitzenhotel auf dem Kamm des Karmelberges. (Übrigens und nebenbei: Wenn ihr in der Bibel lest, findet ihr eine spannende Geschichte über den Propheten Elias auf dem Karmelberg.)

Die Saalheimers waren also in Haifa angekommen. Tags darauf ging es nach Tel Aviv. Ihr Onkel Fredi war nicht nur ein reicher, sondern auch ein guter Mensch. Er nahm die Familie in seiner Vierzimmerwohnung in der Hajarkonstraße 99 auf. Das Haus mit schönster Architek-

Ankunft jüdischer Flüchtlinge am Strand von Tel Aviv, ca. 1939

tur, direkt an der Strandpromenade, hatte ein deutscher Architekt gebaut. Auch er war Jude, auch er war vor Hitler geflohen. Das Schlafzimmer überließ Fredi Justus und Gretl.

Schon bald fanden die Saalheimers eine eigene Wohnung am Boulevard Chen 8, mitten in Tel Aviv: eine schöne Dreizimmer-Wohnung mit zwei Balkonen, großem Bad und einer wunderschönen Fassade. Das Haus war im sogenannten »Bauhaus-Stil« erbaut, dem modernsten Architekturstil seiner Zeit. Woher der Bauhaus-Stil stammte? Aus Deutschland. Dort war er von vielen Juden entwickelt worden. Nach ihrer Flucht bauten sie in ganz Tel Aviv schöne Häuser in diesem Stil.

Als Thea 1939 mit ihrer Familie dort ankam, war Tel

Ein Haus im typischen Bauhaus-Stil: Tel Aviv, Nathan-Strauß-Straße 8. Hier wohnten Karl und Recha Wolffsohn von 1939 bis 1949 sowie Max, Thea und Michael 1950–1951

Aviv ein verschlafenes Nest und die heutigen Riesenbäume auf dem Boulevard Chen waren nichts als kümmerliche Zwergpflanzen. »Diese mickrigen Streichhölzer werden nie wachsen«, verkündete Opa Justus. »Den ganzen langen, heißen Tag knallt die Sonne drauf, und Wasser gibt's eh nicht.« Von Pflanzen verstand Justus so viel wie ich vom Seiltanzen, also weniger als nichts: Inzwischen ist der Boulevard Chen mit riesigen, Schatten spenden Bäumen bewachsen. Sie stehen in der Mitte zwischen zwei Fahrbahnen. Spielmöglichkeiten für Kinder gibt es zuhauf.

Tel Aviv ist heutzutage eine der lebendigsten Städte weltweit. Lebenslustig und eine »Stadt, die niemals schläft«. Gleich um die Ecke der Wohnung der Saalheimers steht die herrliche Konzerthalle der Israelischen

Philharmoniker (die damals noch »Palästinensische Symphoniker« hießen), weitere zwanzig Schritte entfernt das Nationaltheater »Habima«.

Das zionistisch geprägte Jüdisch-Palästina war 1939 eine ganz und gar lockere Gesellschaft: Die Leute waren stolz darauf, als Bauern zu arbeiten, und auch diejenigen, die keine Bauern waren, kleideten sich lässig. Trotz der Wasserarmut duschten alle täglich, waren also immer picobello sauber. Verpönt war in der gewollt einfachen jüdischen Gesellschaft von Britisch-Palästina jede Art von bürgerlich-festlicher Abendgarderobe. Tel Aviv war anders. Die Stadt gehörte mit ihrem Bauhaus-Stil zu den Pionieren moderner Architektur und hier konnten die Leute zumindest manchmal festlich gekleidet sein, wie sie es aus Deutschland kannten.

Bald nach ihrer Ankunft führte Onkel Fredi Thea und ihre Schwestern in ein Konzert der Palästinensischen Symphoniker. Arturo Toscanini, einer der berühmtesten Dirigenten der damaligen Zeit, stand am Pult. Endlich konnten die Mädchen Musik hören und ihre schicksten Kleider anziehen! Sie fühlten sich wie im Paradies. Endlich Musik, endlich Frieden, endlich Sicherheit!

Doch schon bald war Schluss mit der vermeintlichen Sicherheit. Bums. Bums. Bums. Kaum waren Opa Justus und seine vier Frauen in die Tel Aviver Wohnung eingezogen, da knallte es. Ein Geschoss nach dem anderen schlug gegen die Fassade des schönen Hauses Boulevard Chen 8.

Im Frühjahr 1939 herrschte nämlich Bürgerkrieg in Britisch-Palästina. Die arabischen Palästinenser wollten

Juden und Briten aus Palästina rausbombardieren. Sie meinten damals – und manche meinen es noch heute –, das Land gehöre nur ihnen und nicht den Juden. Die Juden sahen und sehen das genau anders. Sie sagen: »Nur hier, in dem Land, aus dem unsere Vorfahren ursprünglich kommen und aus dem wir vor über 2000 Jahren vertrieben wurden, können wir frei und sicher leben und selbst über unser Leben bestimmen. Wir haben nichts dagegen, dass hier auch Palästinenser leben, aber mit uns und nicht gegen uns. Wir lassen uns nicht wegbomben. Und ins Mittelmeer lassen wir uns ganz bestimmt nicht schmeißen.«

Das kann und konnte man damals erst recht verstehen, denn seit Beginn des Kriegs verfolgten Hitler und die Nazis die Juden nicht nur in Deutschland, sondern in ganz Europa und darüber hinaus. Britisch-Palästina war für die Juden die einzige Hoffnung auf ein sicheres Leben.

Doch auch in Britisch-Palästina wurden Juden beschossen, nur weil sie Juden waren. Zahlreiche Nachbarhäuser der Saalheimers wurden getroffen und einige Menschen starben dabei. Abgefeuert wurden diese Geschosse allerdings nicht etwa von Palästinensern, sondern von Deutschen! Deutsche, die sich »Templer« nannten und schon lange in Palästina lebten. Ihre Vorfahren waren ungefähr hundert Jahre vorher nach Palästina eingewandert und hatten dort Siedlungen gebaut. Die Templer waren ursprünglich fromme Christen, die in dem Land leben wollten, wo zweitausend Jahre zuvor Jesus Christus gewirkt hatte und gekreuzigt worden war. Jesus in Palästina? Ja, natürlich, denn Jesus, ihr erinnert euch, ist als

Jude in Judäa geboren und gekreuzigt worden. Die Templer waren also deutsche Christen und Sarona, eine ihrer Siedlungen, lag in unmittelbarer Nähe der Saalheimer-Wohnung am Boulevard Chen. Von dort schossen die in der Hitler-Zeit alles andere als frommen Templer wahllos auf Juden. Viele Templer waren nämlich fern der deutschen Heimat richtige Nazis geworden: Sie verehrten den »Führer« Hitler wie einen Gott und waren, wie es sich für Nazis »gehörte«, Judenfeinde.

Auch die Palästinenser waren gegen die Juden, wenngleich, wie ich euch erklärte, aus ganz anderen Gründen.

So schlossen sich Templer und Palästinenser zusammen: Beide Gruppen wollten nicht nur die Briten verjagen, sondern auch die Juden. Deshalb ist es zwar traurig, aber nicht wirklich verwunderlich, dass Hitler sowohl den Templern als auch den Palästinensern Geld und Waffen für ihren Kampf gegen die jüdischen Einwanderer und die britischen Besatzer lieferte.

Natürlich zitterten bei jedem Geschoss-Einschlag nicht nur die Saalheimers, sondern alle Juden in Tel Aviv und ganz Palästina, ob jung oder alt. Natürlich fragten sie sich, genau wie Thea ihren Vater: »War es richtig, dass wir aus Deutschland hierhin geflohen sind? Hier werden wir ja schon wieder bekämpft!«

»Was für eine dumme Frage«, empörte sich Papa Justus. »Hier werden wir nicht wehrlos geschlachtet, hier können wir uns wehren. Zwar nicht du, die Mutti oder ich, aber die jüdischen Kämpfer. Durch ihre Gegenwehr verhindern

Hitler empfängt den Großmufti von Jerusalem, Mohammed Amin al-Husseini, Berlin, 28. November 1941 – am Anfang des Holocaust

sie, dass wir Juden abgeschlachtet werden. Je stärker wir sind, desto mehr schrecken wir unsere Angreifer ab. Irgendwann werden sie einsehen, dass der Kampf gegen uns nichts bringt.«

Zum Glück für Thea und ihre Familie verloren Palästinenser und Templer ihren Kampf und dadurch verloren auch die Templer ihre Siedlungen, allen voran das hübsche Sarona. Wenn ihr heute in Tel Aviv seid und den Stadtteil Sarona besucht, werdet ihr in den einstigen Templerhäusern wunderschöne Geschäfte und kleine, schicke Restaurants – richtige »Fresstempel« – finden. Sogar einen »Tempel«, wo man bayerische Weißwürste mit süßem Senf bekommt.

Wie sehr die Palästinenser damals von den Nazis unterstützt wurden, zeigt übrigens das Schicksal ihres Anführers. Der hieß Mohammed Amin al-Husseini. Nachdem der Palästinenser-Aufstand 1939 niedergeschlagen war, floh er nach Berlin, wo er von Hitler ehrenvoll empfangen wurde. Während des Zweiten Weltkriegs blieb er dort und versuchte, muslimische Soldaten für die Deutsche Armee anzuwerben. Es half weder Hitler noch al-Husseini: Am Ende verloren Hitler und mit ihm all seine Anhänger den Zweiten Weltkrieg.

Glücklich?

Wie die meisten Juden, denen die Flucht aus Hitlers Reich gelang, war Thea trotz der Kämpfe zwischen Palästinensern, Briten, Templern und Juden zunächst überglücklich, Nazi-Deutschland entkommen zu sein.

»Ich bin so froh, am Leben zu sein und keine Angst mehr haben zu müssen!«, dachte sie oft. Doch nicht nur die Feindseligkeit von Templern und Palästinensern den jüdischen Emigranten gegenüber machte ihr Angst. Auch die Gedanken an Deutschland ließen sie nicht los. In Momenten, wenn ihr altes Leben ihr besonders fehlte, erkannte sie: »Wir sind noch einmal davongekommen. Wir konnten Hitler und seinen Mit-Mördern entkommen. Doch Davonkommen und Glücklichsein sind nicht das Gleiche.«

Wie Thea erging es den meisten Neueinwanderern der 1930er- und 40er-Jahre. Sie kamen aus vielen Ländern

Europas, vor allem aus Polen, Deutschland, Österreich und der Tschechoslowakei. Sie hatten in Europa alles verloren und mussten jetzt für wenig Geld viel und lange arbeiten – oft in Berufen, die nichts mit dem zu tun hatten, was sie eigentlich gelernt hatten. Sie lebten in einem Land mit einer fremden Sprache, die die meisten von ihnen nie gelernt hatten, und in einem heißen Klima, das sich deutlich von dem unterschied, das sie aus ihrer Heimat kannten.

Das neue Land – Der Jecke mit dem Propeller

Israel liegt am Mittelmeer. Mittelmeer, Sonne, Hitze, das gehört zusammen. Deutsche Kinder wissen es »und Erwachsene ebenso«, denn sie fahren oft und gerne ans Mittelmeer. Italien oder Spanien, Frankreich, Kroatien, Griechenland oder die Türkei: allesamt heiße Länder im Sommer. Vor dem Klimawandel schien in Deutschland die Sonne eher selten, daher die häufigen Urlaubsreisen ans Mittelmeer. Doch Thea, Justus und die anderen Saalheimers zogen damals, im März 1939, nicht der Sonne wegen nach Israel, sondern wegen Hitler. Nein, sie zogen nicht dorthin, sie flohen. In dieser alt-neuen jüdischen Heimat hofften sie und viele andere Juden, in Freiheit und Sicherheit leben zu können. Hier mussten sie sich nun ein völlig neues Leben aufbauen.

Theas mittlere Schwester Edith hatte mit dem neuen Land die wenigsten Probleme. Sie wollte aller Welt zeigen, dass sie nun eine neue Heimat hatte: Sie nannte sich fortan »Judith«. Edith war ein deutscher Name, der erinnerte sie an den verhassten Adolf Hitler. Judith hingegen ist ein hebräischer Name, er entstammte also der Sprache der alten und neuen jüdischen Heimat. Mit diesem Vornamen verbinden Juden und Christen die Geschichte der Judith aus der christlichen Fassung des Alten Testaments: Judith, das Idealbild einer schönen Frau, gaukelt dem assyrischen Feldherrn Holofernes vor, eine Liebesnacht mit ihm verbringen zu wollen. Tatsächlich enthauptet sie ihn als Strafe dafür, dass er das Land der Juden zuvor bekämpft und verwüstet hat. Eine Heldin also, kraftvoll, entschlossen und bildschön.

All das war meine spätere Tante nicht. Der selbst gewählte Vorname entsprach mehr ihren Wünschen als der Wirklichkeit: Von allen drei Saalheimer-Töchtern hatte sie im Leben am wenigsten Glück, zumal sie als Mitvierzigerin ihren Mann verlor und mit wenig Geld ihre beiden noch jungen Kinder großzog. Ihr Sohn Joram wurde in Israel ein berühmter und einflussreicher Anwalt. Zeitweilig war er sogar Chef des israelischen Ministerpräsidentenamtes. Rührend kümmerte er sich bis zu ihrem letzten Tag im Jahre 2020 um seine Mutter.

Theas jüngste Schwester, Ruth, war als Einzige noch schulpflichtig. Nun heißt es oft, die Juden seien besonders gelehrt, sie seien das »Volk des Buches«. Ich verrate euch ein Geheimnis: Das ist, wie jede verallgemeinernde Aussage, Quatsch mit Soße. Es gibt nicht »die« Juden oder »die« Deutschen oder »die« Amerikaner und so weiter.

Jeder einzelne Mensch ist er oder sie selbst. Zwar legen viele Juden Wert auf Bildung, aber natürlich gibt es auch unter Juden Leute, die sich nicht für Bücher interessieren. Das ist nicht anders als bei den nichtjüdischen Deutschen, obwohl, ebenfalls Quatsch mit Soße, gern gesagt wird, »die« Deutschen wären das »Volk der Dichter und Denker«. Ich bin sicher, auch ihr kennt zuhauf Deutsche, die weder dichten noch denken können.

Meine Tante Ruth interessierte sich für Bücher und Schule jedenfalls nicht die Bohne. Kein Wunder, dass ihre Schulnoten keine Begeisterungsstürme auslösten. Das war schon in Deutschland so gewesen, noch mehr aber in Tel Aviv, wo sie die Landessprache, Hebräisch, erst lernen musste.

Ruth selbst kümmerte das allerdings wenig. Eines Tages wurden wieder einmal Schulzeugnisse vergeben. Ruth kam gut gelaunt nach Hause.

»Na, Ruthchen«, begrüßte sie Opa Justus. »Wie ist dein Zeugnis? Zeig's mal.«

Mit dem freundlichsten Lächeln der Welt antwortete Ruth: »Ach, Vati, damit's dich nicht ärgert, hab ich es in den Yarkon-Fluss geworfen.«

Sicherlich gern weiter zur Schule gegangen wäre die damals siebzehnjährige Thea, die in Deutschland noch das Gymnasium besucht hatte. An Schule war für Thea seit dem 9. November 1938 aber nicht mehr zu denken. Schon gar nicht in Britisch-Palästina. Alle mussten ran, um Geld fürs Überleben zu verdienen, auch Thea.

Was aber machte Thea, um den Lebensunterhalt der Familie mitzuverdienen? Nun, sie schleppte gemeinsam mit ihrem Vater Pakete zur Tel Aviver Post. In der Hitze des Tel Aviver Sommers, beladen mit schweren Paketen, dachten weder Opa Justus noch Thea an die Schule oder an Schulzeugnisse. Wehmütig dachten sie an das Auto, das Justus in Bamberg gehabt hatte. Für ein Auto reichte in Tel Aviv das Geld nicht. Also zu Fuß zur Post. Noch ein Schritt und noch einer und noch einer. Die Sonne knallte und der Schweiß lief und lief und lief. Auch bei Thea, obwohl sie, anders als ihr Papa, locker gekleidet war: Rock und kurzärmelige Bluse. Bei Opa Justus lief der Schweiß noch mehr als bei den meisten Männern, denn trotz der Hitze trug er wie viele aus Deutschland geflohene Männer über seinem gebügelten weißen Hemd ein Jackett. Wegen der Jacketts, die sie trotz der israelischen Hitze trugen, nannte man in Britisch-Palästina die Juden aus Deutschland »Jeckes«. Die Nicht-Jeckes liefen ohne Jacken rum, in kurzen Hosen, meist aus Khaki, kurzen Khaki-Hemden und mit offenem Hemdkragen. Anders Opa Justus: Sein Hemdkragen war hochgeschlossen, ihm war also heißer als heiß. Noch bullenheißer wurde ihm durch seine Fliege, die wie angeklebt am obersten Hemdknopf saß. Wisst ihr, was eine Fliege ist? Das Ding heißt »Fliege«, sieht aber eher wie ein Schmetterling oder ein Propeller aus. Statt einer Krawatte trugen deutsche Männer früher gerne Fliegen. Im ofenheißen Israel kam kein Mann auf so eine Schnapsidee – außer wenn der Mann, wie Opa Justus, aus Deutschland stammte.

»Ja'allllla, oller Jecke«, rief der Postbeamte, als Opa Justus näher trat, um die Pakete abzugeben. »Ich verstehe, dir ist in unserer jüdischen Hitze eiskalt, und deshalb trägst du ein Jackett? Und die Fliege ist dein Propeller, und der Propeller gehört zum Flugzeug, mit dem du sicher zu Onkel Adolf Hitler nach Deutschland zurückfliegen willst, weil hier bei uns das Leben so hart ist. Oder ist schon Purim?«

Purim, das ist der jüdische Karneval. Oh ja, zu den deutschen Juden war man auch in Israel nicht immer nett. Mit einem entscheidenden Unterschied zu Hitlers Nazi-Deutschland: Zwar hat man über sie gelacht, aber keiner hat sie bespuckt, geschlagen, beraubt oder ermordet.

Was steckte in den Paketen, die Opa Justus und Thea zur Tel Aviver Post schleppten? Darin war Damenkleidung, die Frauen bei ihm bestellt hatten. Wie einst in Bamberg verkaufte Opa Justus nämlich Damenoberbekleidung und Thea half ihm dabei. Weil fast alle Leute in Britisch-Palästina damals bitterarm waren und sich keine teure Kleidung leisten konnten, waren die meisten Kleidungsstücke schlicht und billig. Genäht wurden sie von Frauen, die wie Justus' Familie vor Hitlers Nazis aus Deutschland geflohen waren. Die wenigsten von ihnen hatten Schneidern gelernt. Um ihr Leben bezahlen zu können – zum Beispiel die Miete für ihre Wohnung, ihr Essen und Trinken –, nähten sie jetzt Kleider. Billige Arbeitskleidung für die jüdischen Einwanderer, teure und gute Kleider für reiche Araber.

Eine der Frauen, die für Justus nähten, war Frau Goldberg. »Die mit dem Silberblick«, wie Thea sie scherzhaft nannte, kannten die Saalheimers noch aus Bamberg. Dort war sie als Fachärztin für Darmkrankheiten bekannt gewesen. Damals war eine Frau als Ärztin eine Seltenheit – in Deutschland, in Israel, überall. Das ist heute erfreulicherweise anders.

Eine andere Dame, die für Opa Justus nähte, war Frau Kohn, die mit ihrem Mann aus Nazi-Deutschland nach Israel geflohen war. Sie war in Bamberg eine sehr erfolgreiche und hilfsbereite Rechtsanwältin gewesen. Von armen Leuten, Juden wie Nichtjuden, hatte sie kein Geld genommen. »Ich verdiene bei anderen genug, Ihnen helfe ich so«, pflegte sie ihre Großzügigkeit zu erklären. Ihr Mann war ein in ganz Deutschland berühmter Journalist. Bei Leuten, die krumme Geschäfte machten, war Herr Kohn gefürchtet. Er untersuchte, was das für krumme Dinger waren, die diese Leute drehten, und berichtete darüber in seiner Zeitung. Betrüger hassten Herrn Kohn, bei ehrlichen Leuten war er beliebt. Zu denen, die ihn hassten, gehörten die Nazis, denn er hatte auch deren Lügen und Betrügereien aufgedeckt.

Fremde Sprache, fremdes Land I – Thea und der Busbahnhof

Um im neuen Land Fuß zu fassen, mussten Thea und ihre Eltern rund um die Uhr arbeiten. Da blieb kaum Zeit, um Hebräisch zu lernen, die Landessprache der jüdischen Palästina-Gemeinschaft. Das führte bisweilen zu lustigen Missverständnissen, die ihnen aber auch immer wieder vorführten, dass sie in der neuen Heimat noch Fremde waren.

Einmal suchte Thea den Busbahnhof von Tel Aviv. Sie wandte sich Hilfe suchend an eine junge Frau, die auf dem Bürgersteig neben ihr stand. Sie war etwa so alt wie Thea und sah aus, wie Thea sich eine Alteingesessene vorstellte, die nicht nur Hebräisch spricht, sondern auch Deutsch versteht. Thea, kurz entschlossen: »Hallo, Frau, ääääh giweret, hallo und schalom, äääh, ani möchte la äääh Bahnhof«.

»Ma at rotza?«

»Wie, was? Rotza? Rotze? Quatsch, ääää schtujot. Ich suche den Bahnhof.«

Doch die fremde Frau, die einfach nur »Was willst du?« gefragt hatte, verstand nur Bahnhof und lief weiter.

Zweiter Versuch. Der junge Mann, den Thea ansprach, antwortete schnippisch: »Popolska«. Er war Pole. Der Rest kümmerte ihn nicht.

Versuch Nummer drei: »Ja gawarisch pa russki«, antwortete die russischstämmige nette ältere Dame. Helfen konnte auch sie nicht.

Beim vierten Versuch klappte es. »Ach so, Meeedchen, du willst zum Bahnhof. Na, denn jehste fuffzig Meter gradeaus, denn rechts, erste links, dritte rechts. Kapiert, Fräuleinchen?«

Glück gehabt: endlich jemand, den Thea verstand!

Was Wunder, dass sich in der jüdischen Gemeinschaft von Britisch-Palästina schnell Landsmannschaften bildeten! Landsmannschaften, das waren Gruppen der jeweils selben Herkunftsnation oder -region. Ebenfalls kein Wunder: Im »Hauptquartier« der deutschjüdischen Gemeinschaft Tel Avivs begegneten sich sehr bald meine Eltern, Thea und Max. Wie kam es, dass aus der flüchtigen Begegnung der beiden Flüchtlinge mehr wurde? Noch wird's nicht verraten. Wir schauen mal vorher, wie es Opa Karl und Sabta Recha in Tel Aviv erging.

Fremde Sprache, fremdes Land II – Opa Karl: Gartenschlauch-Spritze und Gurkenwerfen

»Ruhe, scheeeeket! Ruhe, scheeeeeket, Klappe halten!«, rief mein Opa Karl nun schon mehrfach seit einer Stunde an jenem brütend heißen Tel Aviver Nachmittag. Er wollte seine Zeitung lesen. Es half nichts. Die Schreihälse und (ja, auch Frauen waren dabei) Schreihälsinnen schrien weiter. Weil alles nichts half, ging Opa Karl vom Wort zur Tat über: Kurz entschlossen griff er den Gartenschlauch, rief meiner Sabta Recha zu: »Muckchen, dreh bitte das Wasser auf«, und spritzte volle Pulle ins gegenüberliegende Erdgeschoss des Nachbarhauses, in dem sich eine Schule befand.

Ja, Opa Karl hatte »bitte« zu Muckchen gesagt. Das war im damals flapsigen jüdischen Britisch-Palästina eher unüblich. Gutes Benehmen galt als Zeitverschwendung. Dafür hatten die fast rund um die Uhr schuftenden jüdischen Pioniere in Britisch-Palästina keine Zeit, denn wo vorher fast nichts außer Strand, Wüstensand oder steiniger Boden gewesen war, bauten sie neue

Städte wie Tel Aviv und machten das Land fruchtbar. Vor mehr als hundert Jahren hatten sie mit der Zucht der köstlichen Jaffa-Orangen, -Grapefruit und -Clementinen begonnen. (Heute kennt und mag fast jeder diese Früchte. Sie schmecken saugut.) »Danke« oder »bitte« sagen, gutes Benehmen oder ordentliche, fleckenlose, gebügelte Kleidung war den zionistischen Pionieren egal. Gutes Benehmen, sagten sie, sei nur etwas für »Feine Pinkel«. Meine lieben Enkel nennen auch mich einen Feinen Pinkel. Und ganz unrecht haben sie nicht, denn ich werde ganz fuchsig, wenn jemand beim Essen schmatzt, schlürft, mit Messer und Gabel fuchtelt oder gar rülpst und pupst.

Zurück zu Opa Karl, der die Schreihälse des Nachbarhauses bespritzte, um endlich in Ruhe Zeitung lesen zu können. Pschschsch, strömte das Wasser aus dem Schlauch. Patschnass wurden alle Schreihälse. In der Tel Aviver Bullenhitze hatte niemand was gegen Abkühlung. Aber so nun doch nicht! Die Männer und Frauen, die sich im Erdgeschoss der Schule versammelt hatten, allesamt Lehrer, hatten trotz Opa Karls »Scheeeeket«-Rufen unverdrossen und immer lauter weitergeschrien. Jeder wollte den anderen niederbrüllen, denn jeder meinte, dass die Meinung des anderen nur dummes Zeug sei, weshalb man ihn oder sie besser überschreie als hinhöre. Jetzt aber machten sie sich gemeinsam über Opa Karl lustig: »Haha, der alte Jecke, nicht einmal Hebräisch kann der alte Knacker. Ruhe heißt auf Hebräisch ›schecket‹ und nicht ›scheeeeket‹.«

Auch in Deutschland gab (und gibt es) Schreihälse, aber irgendwie – warum, konnte Opa Karl nicht genau sagen –, irgendwie waren Geschrei und Krach hier in Tel Aviv anders als in Deutschland. Wahrscheinlich lag es daran, dass Opa Karl kein Wort verstand, und was man nicht versteht, ärgert einen. Denn, unter uns gesagt, die jüdischen Schreihälse, der Mosche und der Jankel und die Sarah in Tel Aviv, waren zwar unfreundlich, aber völlig harmlos. Ganz anders die Nazi-Schreihälse in Hitlers Nazi-Deutschland: Die waren für jeden Juden lebensgefährlich.

Fremde Sprache, fremdes Land III – Sabta Recha

Noch viel feiner als mein Opa Karl war meine Sabta Recha. Es konnte in Tel Aviv noch so heiß sein – und in Tel Aviv ist es besonders im Sommer immer bullenheiß –, Sabta schritt hochelegant im schwarzen Kostüm, mit weißer Bluse und großem, rundem Hut durch die Stadt – selbst durch den Tel Aviver Karmel-Markt »Shuk Hakarmel«. Die Marktverkäufer lachten sich kringelig: »Schaut mal, die alte Schachtel, die läuft hier in dieser irren Hitze im Kostüm mit Hut rum, nicht mit kurzer Khaki-Hose und kurzärmeligem Khaki-Hemd wie wir anderen. Die denkt wohl, es wäre Purim.«

Da war er wieder, der Verweis auf Purim, den Opa Justus auch schon zu hören bekommen hatte. Was Purim ist, wollt ihr wissen? Purim ist der jüdische Karneval. Wie um fast jedes jüdische Fest rankt sich um Purim eine biblische Geschichte. Meistens schildern diese Geschichten, wo und wie Juden verfolgt und getötet wurden oder getötet werden sollten. Die Geschichte zu Purim findet ihr im Bibel-Buch »Esther«. Wie dort erzählt wird, fand sie vor langer Zeit statt: vor etwa 2500 Jahren im Reich der Perser, dem heutigen Iran. Persien war damals die stärkste Weltmacht. Ihr wundert euch vielleicht: Feiern die Juden etwa ein Fest, weil sie getötet werden sollten? Sind die irre? Sind sie nicht. Sie feiern, weil diejenigen, die sie töten wollten, rechtzeitig entmachtet und bestraft wurden. Der Haupt-Schurke, der die Juden Persiens töten wollte, hieß Hamann. H wie Hamann oder H wie Hitler. Und weil die Juden Persiens befreit wurden, feiern die Juden seit mehr als 2500 Jahren fröhlich und ausgelassen das Purim-Fest, den jüdischen Karneval, und wie beim Karneval verkleiden sie sich an Purim.

Dass Recha sich mit ihrer eleganten Kleidung auf dem Markt zum Gespött der Leute machte, traf sie so schwer, dass sie den Markt in Zukunft mied und lieber ihren Sohn Max dorthin schickte.

Noch härter traf es sie aber, dass sich auch die Mitschüler ihres älteren Sohns Willi auf der Landwirtschaftsschule über sie kringelig lachten, als sie ihn einmal besuchte. Wie aus dem Ei gepellt war sie gekleidet, die feine, elegante Dame mit Hut.

»Dieser Huuuuuuuuuuuuuuuuuuut!« – die künftigen Bauern in ihren Khaki-Klamotten konnten sich gar nicht mehr beruhigen. Willi schämte sich für seinen Mutter, und die war nun erst recht stinksauer.

Der Karmel-Markt »Shuk Hakarmel« in Tel Aviv

Beide hatten recht, jeder auf seine Weise. Willi wollte ganz Bauer sein, Sabta eine gute Mutter, die ihren Sohn besucht. Die wohlgemeinte Absicht scheiterte daran, dass Sabta mit ihrem Körper in Britisch-Palästina war, mit Kopf und Herz aber in Deutschland. Im Deutschland, das sie von früher kannte, nicht in Hitler- Deutschland. Doch das Deutschland, in dem sie in ihrem Geiste lebte, war damals mausetot und tötete, nein, mordete Millionen Menschen, vor allem Juden.

Wie stark Sabta Rechas Heimweh und das Gefühl, in der Fremde gelandet zu sein, waren, zeigte sich auch bei einer anderen Gelegenheit: als nämlich sie, die sonst so feine Dame, ihrem Sohn Max Gurken ins Gesicht

Kaiser Wilhelm II. mit Theodor Herzl 1897 an der Landwirtschaftsschule, die später Willi Wolffsohn besuchte

warf. Obwohl mein Vater Max schon früher als seine Eltern nach Britisch-Palästina gekommen war, sprach er nur unwesentlich besser Hebräisch als seine Eltern und Schwiegereltern. Doch nach ihrer vermeintlichen Purim-Maskerade auf dem Karmel-Markt hatte Sabta Recha keine Lust mehr, dort einzukaufen. Folglich schickte sie meinen Vater. Er sollte schöne Gurken mitbringen. Und in der Tat: Er brachte Gurken mit. Doch was geschah? Sabta Recha warf die Gurken Max ins Gesicht. »Das sollen schöne Gurken sein?«, schrie sie verzweifelt und weinte bitterlich.

Ihr werdet mir zustimmen, wenn ich behaupte: Selbst wenn die Gurken alt und krumm waren, ist das kein

Grund, um den eigenen Sohn mit Gurken zu beschießen und bitterlich zu weinen. Ihr habt recht. Recha weinte nicht wegen der Gurken. Sie weinte vor Heimweh – weil sie und so viele andere Juden aus Hitler-Deutschland vertrieben worden waren. Aus Deutschland, das vor Hitler und den Nazis ihre Heimat gewesen war. Der Ort, an dem sie sich wohlfühlten, wo sie Freunde hatten, zur Schule oder zur Arbeit gegangen waren, wo sie die Sprache perfekt beherrschten und viel Geld zum Leben gehabt hatten. In Berlin hatten die Wolffsohns wie Könige gelebt. Und jetzt? Hier in Tel Aviv? In einer winzigen Zweizimmerwohnung hausten sie. Die teilten sie sich mit einem anderen aus Hitler-Deutschland geflohenen Ehepaar. Zwei Zimmer, zwei Paare, ein Badezimmer und Klo. Das war alles andere als schön oder lustig. Hier und jetzt, in Israel, waren sie, wie damals alle, bitterarm.

Recha weinte auch, weil sie im Grunde ihres Herzens fühlte und sich mit ihrem Verstand sagte: »Eigentlich sollte ich dankbar und glücklich sein, denn ich lebe, mein Mann lebt, meine Söhne Willi-Seew und Max leben. Millionen anderer Juden leben nicht mehr. Hitler und seine Mit-Nazis haben sie ermordet. Ich müsste also eigentlich glücklich sein, und doch bin ich es nicht.«

Fremde Sprache, fremdes Land IV – Opa Justus und Oma Gretl

Wie die Wolffsohns und fast alle anderen Jeckes kannten auch Opa Justus und Oma Gretl außer »Schalom« kaum ein hebräisches Wort. »Schalom« heißt Frieden. Den wünscht man sich auf Hebräisch bei Begrüßungen und beim Verabschieden statt wie bei uns in Deutschland »Guten Tag« oder »Auf Wiedersehen«. Und, ja, meine Großeltern waren Deutsche, das merkten sie im fremden, jüdisch-zionistischen Britisch-Palästina jeden Tag.

Das unbeschreiblich miserable Hebräisch meiner Großeltern mütterlicherseits will ich euch kurz (ins Deutsche übersetzt) beschreiben. Ich war etwa elf Jahre alt, fuhr mit Opa Justus Taxi und saß auf seinem Schoß. Der Fahrer wollte für zwei Personen kassieren.

Opa Justus widersprach: »Ich zahle nur einen Platz. Mein Enkel sitzt auf meinem Tisch.«

Erstaunt fragte der Fahrer nach Opas mitgebrachtem Tisch. »Tisch, Tisch«, wiederholte Opa Justus und zeigte auf mich, der auf seinem Schoß saß. Am Ende bezahlte Opa für zwei Personen. So viel Hebräisch verstand er schließlich doch.

Kein Wort Hebräisch, nur Deutsch, genauer: fränkischer Dialekt, wurde in Opas wöchentlicher Skatrunde gesprochen. Statt wie einst in Bamberg im »Weinhaus Messerschmitt« trafen sich die befreundeten Männer im Café Dalia an der Strandpromenade von Tel Aviv. Anders als im nördlichen Bamberg schien im südlichen Tel Aviv fast im-

Badevergnügen in Tel Aviv, ca. 1940

mer die Sonne. Aber sonnig war das Gemüt der Männer trotzdem nicht. Sie hatten Heimweh nach Deutschland, nach Bamberg. Doch sie wussten: »Wären wir in Bamberg, in Hitlers Deutschland, wäre unser aller Leben in Gefahr. Nur weil wir Juden sind. Da sind wir besser hier.«

Oma Gretl spielte nicht Skat, sondern, ebenfalls jede Woche einmal, Bridge. Kaffeekränzchen, Damenkränzchen. Alles feine Damen, picobello und fein gekleidet. Keine Khakihosen oder -hemden, alle in Rock und Bluse. Wüsste man nicht, dass die Damen in Tel Aviv Bridge spielten, hätte man denken können, sie säßen in einem schönen deutschen Kaffeehaus. Auch sie lebten mit ihrem Körper in Israel und mit ihrem Kopf und Herzen in Deutschland. In Deutschland, nicht in Hitler-Deutschland, denn in Hitler-Deutschland hätten sie sich niemals so friedlich und ungefährdet treffen können.

Sprachen Oma Gretl und ihre Tel Aviver Freundinnen Hebräisch? Aber nein.

Hier eine Kostprobe von Oma Gretls Hebräisch. Ihre Putzfrau namens Alisa war zwar auch Jüdin, aber sie stammte aus dem Jemen, einem arabischen Land. Alisas Hebräisch war ungefähr so perfekt wie das meiner Oma Gretl. Schade, dass Oma kein Arabisch konnte und Alisa kein Deutsch! Die beiden Frauen hätten sich leichter verstanden.

Oma Gretl war zwar eine deutlich weniger feine Dame als Sabta Recha. Wenn es aber um die Sauberkeit des heimischen Fußbodens ging, war auch Oma Gretl eine Feine Pinkeline. Flüchtig hatte Alisa mit dem Scheuertuch den Boden gewischt. Larifari, wischwaschi hatte sie gewischt, aber nicht geputzt. Ich übersetze den Wortwechsel Oma – Alisa gleich ins Deutsche. »Du musst fürs Wischen Spucke auf dem Boden haben und damit putzen«, sagte Oma.

»Ah«, sagte Alisa, »Suppe nehmen«, goss die Rinderbrühe auf den Boden und wischte.

Thea und Max

Glück im Unglück: Wegen Hitler waren Thea und Max aus Deutschland nach Britisch-Palästina geflohen. Und wegen ihm lernten sie sich in Tel Aviv kennen und lieben. In Deutschland wären sie sich wohl nie begegnet, denn

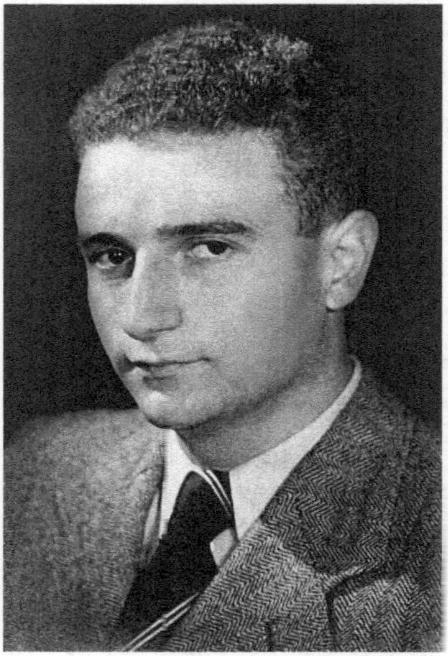

Max Wolffsohn in Tel Aviv, 1939

Thea wuchs in Bamberg auf, Max in Berlin, und als sie 1938 nach Berlin zog, war er schon in Halle. 57 Jahre waren Ima Thea und Aba Max verheiratet. Glückskinder, bis dass der Tod sie schied.

Ende 1938 war Max aus Hitlers Deutschland nach Britisch-Palästina geflohen. Doch wer hatte dort auf einen Fotografen gewartet? Niemand. Geld hatte Max nicht, Leben und Geldverdienen musste er. Wählerisch sein konnte er nicht, denn auch andere Neueinwanderer suchten Arbeit. War sie zu finden? Kaum, denn die Wirtschaft in Britisch-Palästina kränkelte, wie damals die Wirtschaft weltweit. Was tun? Max jobbte wie viele andere bestens ausgebildete deutschjüdische Flüchtlinge. Hier betätigte sich der Herr Professor Doktor Soundso aus München als Putzmann, dort der Herr Doktor med. aus Berlin als Koch. Für die Frauen gab es noch weniger Arbeitsplätze. Damals wurde von Juden wie Nichtjuden erwartet, dass die Frau an Heim und Herd und bei den Kindern zu bleiben und den Herrn Gemahl liebevoll zu bewundern habe.

Max musste von Job zu Job hopsen. Mal arbeitete er als Platzanweiser im Kino, mal als Diamantenschleifer, was für die Lungen höchst gesundheitsschädlich war. Schließlich wurde er Verwalter des Materiallagers einer britischen Militärbasis in der Nähe von Tel Aviv.

Max suchte nicht nur eine gute Arbeit, er suchte auch eine Frau, die eine gute Partnerin und zugleich selbstbewusst genug sein sollte, um sich gegenüber den starken Wolffsohn-Männern Karl und Willi/Seew zu behaupten. Max fand das Glück seines Lebens: die willensstarke, tatendurstige, kluge und schöne Thea.

Wo in Tel Aviv haben sich Thea und Max kennengelernt, bevor sie meine Ima und mein Aba wurden? Da, wo sich die Menschen immer und überall treffen: dort, wo sie ihre Gewohnheiten, Wünsche und Vorlieben ausleben können. Ohne gemeinsame Interessen keine Liebe. Vor allem treffen sich Menschen da, wo sie dieselbe Sprache sprechen. Wenn man nämlich die Worte des anderen versteht, versteht man auch eher die Sprache seines Herzens und sein Leid.

Die wegen Hitler nach Tel Aviv geflohenen deutschen Juden trugen trotz Hitler die deutsche Sprache und deutsche Gewohnheiten im Herzen. Sie hatten in Tel Aviv das

Thea Saalheimer in Tel Aviv, ca. 1940

»Beit Israel« gegründet. »Beit Israel«, das heißt auf Deutsch: Haus Israel. Dort war man unter sich, denn die Mitbürger liebten blöde Witze über die höflichen, elegant gekleideten Jeckes und ihre guten Manieren. Diese Witze fanden die Jeckes natürlich nicht witzig, sondern ärgerlich. Ein richtiger Verein war dieser Jeckes-Klub nicht, eher eine Mischung aus Gemeinde und Verein – das Deutschland-Haus der Stadt sozusagen.

Die Mitglieder des »Beit Israel« waren allesamt deutsch-jüdische Flüchtlinge, egal, ob jung oder alt. Dort spielte sich ihr Leben ab, dort traf man sich, dort stritt, feierte und spielte man, dort fand man Bekannte, Freunde, Partner. Und genau hier lernten sich Thea und Max schon wenige Wochen nach Theas Ankunft in Palästina kennen,

Thea Saalheimer und Max Wolffsohn, ca. 1940

genauer: am 14. Juli 1939. Fortan war ihnen dieses Datum wichtiger als die Erstürmung der Pariser Bastille, die genau 140 Jahre vorher die Französische Revolution und damit in Europa ein neues Zeitalter eingeläutet hatte.

Die siebzehnjährige Thea und der zwanzigjährige Max verliebten sich ineinander. Die schöne blonde Carolin Hakenschwert aus Nazi-Berlin hatte Max längst vergessen. Die brünette Thea gefiel ihm viel besser, und Opa Justus war nun wirklich, anders als der Super-Nazi und SS-Vater Hakenschwert, ein liebenswerter Mensch. Auch zwischen den Familien Wolffsohn und Saalheimer stimmte die Chemie. Man mochte sich. Natürlich war man frei von jeder Nazi-Gesinnung – und nicht nur, weil alle jüdisch waren.

Wie alle Frischverliebten wollten Thea und Max so viel Zeit wie möglich miteinander verbringen. Das war für ein unverheiratetes junges Paar aber nicht so einfach, zumal Max damals gar nicht in Tel Aviv arbeitete, sondern im britischen Militärlager Sarafand zwischen Tel Aviv und Jerusalem. Auch wenn die Menschen in Palästina mehr Freiheit genossen als in Deutschland – ein unverheiratetes Paar ohne Aufsicht? Das war in der damaligen Zeit bei den Jeckes verpönt.

Thea wollte Max aber unbedingt im Militärlager besuchen, wo er zuerst als Kino-Platzanweiser, dann als Warenlager-Manager arbeitete. »Alleine kannst du da nicht hinfahren«, meinte Max' Mutter Recha, wie immer auf Sitte und Anstand bedacht. Doch sie wollte der jungen Liebe keine Steine in den Weg legen und beschloss, Thea zu begleiten. Und so fuhr die feine Sabta Recha, die in Berlin jahrelang vom Chauffeur herumkutschiert worden war, 1939/40 tatsächlich im unklimatisierten Bus in glühender Hitze mit Thea ins Militärcamp, damit das junge Paar sich sehen konnte.

Vor den Toren: Hitlers Soldaten

Wenn zwei Menschen sich lieben, sind sie glücklich, wenn sie zusammen sind. Um auch weiterhin zusammen glücklich sein zu können, heirateten Thea und Max im Dezember 1943.

Der Rabbiner Rosenberg, der Thea und Max traute, war ein alter Bekannter: Er stammte aus Berlin, wie Max, und zu Berliner Zeiten war er dessen Religionslehrer gewesen. Die beiden mochten sich damals überhaupt nicht. Über Max' Unwissen, seine Faulheit und Geschwätzigkeit hatte sich Herr Rosenberg seinerzeit sogar bei Sabta Recha beschwert, doch das ließ sie kalt. »Wenn mein Sohn Max während Ihres Unterrichts schwätzt, ist Ihr Unterricht wohl langweilig«, hatte sie ihm ungerührt geantwortet. Boing.

Aber nun, in Tel Aviv, schätzten sich die einstigen Kampfhähne. Dank Hitler? Wohl eher nicht. Sie spürten aber, dass es wegen Hitler und der Nazis Wichtigeres gab, als sich über Nichtigkeiten in die Haare zu bekommen. Apropos »Haare«: Herr Rosenberg war zwar Rabbiner, aber anscheinend einer von der modernen Sorte: Anders

Hochzeit von Thea und Max, Dezember 1943

als die meisten Rabbiner und die sehr frommen Juden trug er keine Schläfenlocken – die langen Haar-Koteletten, die nicht geschnitten werden und die man »Peijes« nennt. Opa Justus, bekanntlich auch ein frommer, aber eben moderner Jude, machte sich gern über Peijes lustig. Er nannte sie »Läuseschaukeln«.

In aller Ruhe vorbereiten konnten Max und Thea ihre Ehe jedoch nicht. Im Gegenteil: Ein Jahr vor ihrer Hochzeit schien es, als würde ihr Leben und das ihrer Familien sowie das aller Juden im britisch-jüdischen Palästina ebenso ausgelöscht wie das Leben der Juden in den Teilen Europas, die Hitlers Soldaten seit 1939 erobert hatten.

Im Oktober 1942 standen Hitlers Soldaten, die Deutsche

Wehrmacht, nämlich unmittelbar vor den Toren Britisch-Palästinas. Ihr General Rommel, genannt »Der Wüstenfuchs«, hatte die Truppen erfolgreich nach Nordafrika geführt – bis vor die Tore Kairos in Ägypten, das an Palästina grenzte. Thea, Max und überhaupt alle Juden in Britisch-Palästina sahen ihr Ende voraus. Sie hatten Angst, dass es ihnen ergehen würde wie den Juden in Europa: Diese wurden wie Vieh in Eisenbahnwaggons gepfercht und in KZ-Vernichtungslager gebracht. Viele starben schon auf dem Weg dorthin, die anderen wurden dort ermordet. Sechs Millionen Juden fanden so ihren Tod. Diese Höllenzahl konnte damals niemand ahnen, aber über das massenhafte Judenmorden der Nazihorden wusste man in Britisch-Palästina spätestens seit Mitte 1942 ziemlich genau Bescheid.

»Sind wir nach Palästina geflohen, um hier von Hitlers Mörderbanden gefangen und dann ermordet zu werden?«, fragten sich Wolffsohns, Saalheimers und alle anderen Juden. Doch ein Wunder geschah – zwar nicht in Europa, aber zumindest für die Juden in Britisch-Palästina und den Nachbarländern: Hitlers Soldaten wurden von der britischen Armee in die Flucht geschlagen.

An der Seite der Briten kämpften eine Menge aus Deutschland vertriebener Juden gegen die Nazis. Willi/Seew und Max Wolffsohn waren auch dabei. So haben es Hitler und die Nazis geschafft, dass Deutsche wie Willi und Max gegen ihre ehemaligen Landsleute in den Krieg zogen – für eine Welt und ein Deutschland ohne Hitler, also für ein Leben in Freiheit und Sicherheit!

Uns führt diese Geschichte zu einer schwierigen Frage, die sich immer wieder stellt: Hitler, der Massenmörder, hat den Zweiten Weltkrieg begonnen. Die Welt hat sich dagegen gewehrt, hat also ebenfalls Krieg geführt und ebenfalls getötet – um das Massenmorden zu beenden.

Ihr merkt: Töten und Morden bedeuten nicht dasselbe: Der Massenmord an den Juden hatte nur deren Tod als Ziel. Das Töten der alliierten, also verbündeten Mächte, die im Zweiten Weltkrieg gegen Hitler kämpften, geschah, um das Massenmorden Hitlers zu beenden.

Und jetzt die entscheidende Frage, die ihr für euch selbst beantworten solltet: Darf man, ja, muss man manchmal töten, um das Morden zu beenden? Um die Antwort zu erleichtern, frage ich anders: Durfte, ja, musste man Hitlers Soldaten im Krieg töten, um Hitlers millionenfaches Morden zu beenden? Durften, ja mussten Willi/ Seew und Aba Max deutsche Soldaten töten, um dem Massensterben der Juden in Europa ein Ende zu bereiten? Vergesst bei eurer Antwort nicht, dass Hitler es war, der den Krieg begonnen hat: Kein anderes Land hatte die Absicht, gegen Deutschland in den Krieg zu ziehen. Hitler wollte andere Länder erobern und nahm von Anfang an in Kauf, dass dabei Millionen seiner eigenen Bürger sterben würden. Deshalb sage ich: Ja, Willi/ Seew und Aba Max durften und mussten deutsche Soldaten töten, um Hitlers Morden zu beenden. Was sagt ihr?

Hitlers Mord an Millionen deutschen Juden ist eines der größten Verbrechen, die überhaupt je begangen wur-

Soldaten der Deutschen Wehrmacht in Nordafrika, 1941

den. Dumm war es außerdem. Warum? Weil Deutschland nicht nur den Krieg, sondern viele kluge Menschen wie Willi und Max und noch weitaus Klügere verloren hat. Auf solche Mitbürger verzichtet man klugerweise nicht. Man vertreibt sie nicht – und erst recht ermordet man sie nicht. Man vertreibt und ermordet überhaupt keinen Menschen!

Gottes »Buch des Lebens« – Neujahr und Jom Kippur

Nach dem Wunder von Rommels Niederlage waren viele Menschen gerettet, weit über Britisch-Palästina hinaus. Max und Thea waren glücklich, denn der Weltkrieg entfernte sich von ihnen und sie konnten endlich ihr Leben genießen. Wie eh und je schien die Sonne am Mittelmeer, sie gingen schwimmen, machten Picknick, feierten Feste. Sie waren jung, sie liebten sich und lebten in ihrer eigenen kleinen Welt. Doch in der großen Welt herrschte nicht Liebe, sondern Hass. Noch zwei weitere Jahre tobte der Weltkrieg, und in Europa setzten Hitler und die Nazis die Judenvernichtung fort.

Bei allem persönlichen Glück – das Wissen, welche furchtbaren Dinge in Europa passierten, ließ auch die Menschen in Britisch-Palästina nicht los. Nicht nur Thea fragte sich seit dem Sieg über Hitlers General Rommel immer wieder: »Warum müssen so viele Menschen wegen Hitler und den Nazis sterben? Warum habe ausgerechnet ich überlebt? Warum Max, warum meine Eltern und die Schwiegereltern, so viele andere aber nicht? Muss ich nicht ein schlechtes Gewissen haben, dass wir leben, unsere Brüder und Schwestern in Europa aber nicht?«

Hierauf gibt es keine schlüssige, überzeugende Antwort. Natürlich waren Ima Thea und Aba Max nicht schuldig, weil sie überlebt haben. Aber tief in ihrem Herzen und in ihrer Seele fühlten sie Schuld. Fast alle Überlebenden fühlen sich gegenüber den Toten schuldig – und sind zugleich fürs eigene Überleben dankbar. Dankbar gegenüber Gott, wenn sie an ihn glauben. Oder, wenn sie nicht an Gott glauben, ganz einfach dankbar, ohne zu wissen, wem sie dankbar sein sollen.

So oder so, jeder Mensch – ob Christ, Jude, Muslim oder nichtgläubig – möchte leben, gesund bleiben oder gesund werden und glücklich sein. Darum bitten gläubige Juden Gott alljährlich an den »Hohen Feiertagen« im Herbst. Es gibt zwei »Hohe Feiertage« im Judentum: das Neujahrsfest (»Rosch Haschana«) und zehn Tage danach »Jom Kippur«, auf Deutsch: Versöhnungstag. Eigentlich wird an diesen Feiertagen nichts gefeiert. Ganz im Gegenteil, ein banges Gefühl liegt sozusagen in der Luft. Man bittet nämlich Gott, er möge einen in sein »Buch des Lebens« eintragen.

Die zehn Tage zwischen Rosch Haschana und Jom Kippur nennt man »Die schrecklichen Tage«. Warum »schrecklich«? Weil jeder in diesen Tagen sich mehr als sonst fragen soll: »Habe ich mich richtig benommen? Wem gegenüber nicht? Mit wem soll, ja, muss ich mich versöhnen, wen um Entschuldigung bitten?«

Nicht nur mit den Menschen soll man sich versöhnen, sondern auch mit Gott. Gemeint ist damit nicht, dass der liebe Gott wie ein Buchhalter eine Liste führt, auf der steht: »Thea hat am Freitag artig gebetet und sonst die ganze Woche über nicht, oh Schande.« Oder: »Opa Karl hat das ganze Jahr über nicht gebetet. Oh schlimme Schande.«

Versöhnung mit Gott meint: Jeder soll sein ganzes Leben lang von Jahr zu Jahr den Weg zum Guten, Richtigen,

Menschlichen ein Stück weiter beschreiten. Den Weg zum menschlichen, moralischen Handeln, das allen Menschen gegenüber gilt, aber auch der Natur, der Umwelt, der ganzen Welt gegenüber. Denn Gott ist die Welt und die Welt ist Gott.

Am Ende des Versöhnungstages, besagt der jüdische Glaube, trägt Gott für das nächste Jahr die einen ins Buch des Lebens, die anderen ins Buch des Todes. Natürlich bitten alle Juden, ins Buch des Lebens eingetragen zu werden.

Über die bange Zeit, als sie befürchten mussten, von General Rommel besiegt zu werden, sagte Thea später: »Oh ja, als Hitlers Soldaten im Herbst 1942 vor den Toren von Britisch-Palästinas standen, habe auch ich Gott darum gebeten, ins Buch des Lebens eingetragen zu werden. Nicht nur für mich bat ich, sondern auch für meine Familie und für die anderen Juden. Ich hatte Glück, meine Familie hatte Glück, wir Juden in Britisch-Palästina hatten Glück. Aber für die vielen Juden in Europa ging das Hitler-Nazi-Unglück weiter, und das zu wissen war auch für uns sehr, sehr schlimm.«

»Geschäfte ja – Freundschaft nein«

1945. Endlich waren Hitlers sechsmillionenfache Judenvernichtung und der von ihm entfachte Weltkrieg zu Ende. Nun aber entbrannte mit neuer Härte der Kampf um Palästina. Die Briten wollten dort weiter Herr im fremden

Haus bleiben. Juden und palästinensische Araber waren sich einig: Briten raus aus Palästina! Wer aber sollte Herr im Hause Palästina sein?

»Wir«, sagten die Juden. »Wir sind Zionisten. Das heißt: Wir wollen hier den Jüdischen Staat gründen und ihn ›Israel‹ nennen. Wir sind aber bereit, das Land zu teilen. Ein Teil das jüdische Israel, der andere Arabisch-Palästina.«

»Nein!«, widersprachen die palästinensischen Araber. »Ganz Palästina gehört nur uns. Keine Teilung!« Es flogen Bomben, aber es herrschte noch kein Krieg. Mal töteten die Bomben Juden, mal Palästinenser, mal Briten.

Nicht alle warfen Bomben, und nicht alle Juden, Araber und Briten waren einander spinnefeind. Zum Beispiel der sehr wohlhabende Herr Dajani, der mit seiner arabischen Frau im arabischen Teil Jerusalems in einem wunderschönen Haus lebte.

Herr Dajani handelte wie Opa Justus mit Damenoberbekleidung. Die beiden waren enge Geschäftspartner. Sie arbeiteten gut, gerne und vertrauensvoll zusammen. Beide hatten viele Vorteile davon.

Oft saßen die beiden auf der bepflanzten, Schatten spendenden Terrasse des Dajani-Hauses. Justus genoss die ihm angebotene Havanna-Zigarre, Herr Dajani seine Wasserpfeife. Frau Dajani servierte köstlichen türkischen Kaffee. Dazu gab es delikate arabische Backwaren. Sie schmeckten viel besser als bei den Juden, die damals nicht genug Geld hatten, um sich gute Zutaten für gutes Essen leisten zu können. Häufig nahm Opa Justus zu seinen Besuchen Thea mit. Sie half ihm, die schweren Pakete nach

Jerusalem zu bringen. Herrn Dajani freute das, denn obwohl verheiratet, mochte er jüdische Frauen, und Thea war keine Ausnahme.

Bei ihren Zusammenkünften tauschten die Herren geschäftliche Erfahrungen aus, sie planten die nächsten Verkäufe, sprachen vertrauensvoll miteinander und waren freundlich zueinander. Man redete Englisch. Das holprige Englisch von Herrn Dajani klang wie Arabisch, das holprige Englisch von Opa Justus klang wie Deutsch.

Opa Justus wurde es warm ums Herz. Er schwärmte: »Ach, lieber Herr Dajani, wenn alle Araber wie Sie wären, gäbe es keinen Konflikt zwischen Arabern und Juden. Dann wären wir miteinander befreundet.«

Herr Dajani erstarrte. Ohne eine Miene zu verziehen, sagte er kalt: »Geschäfte ja, Freundschaft nein.«

Wortwörtlich hatte Opa Justus diesen Satz bereits in Bamberg gehört – von seinem dortigen christlichen Anwalt. Judenfeindschaft ist eben weder eine arabische noch eine deutsche Erfindung. Es gibt sie seit dreitausend Jahren, und kein Ende ist in Sicht. Warum? Es gibt mehr als dreitausend Antworten auf diese dreitausend Jahre alte Frage. Aber keine Antwort erklärt, warum die Juden in aller Welt zwar respektiert, privat aber oft ausgegrenzt werden.

Vorsicht, liebe Leser und Leserinnen, macht nicht den Fehler, von einem einzelnen auf alle Menschen derselben Gruppe zu schließen. Herr Dajani war ein einzelner Araber, sein Verhalten war das Verhalten eines einzelnen Mannes. Aus diesem Einzelfall kann und darf man unmöglich schließen, dass alle Araber so oder so sind. Wie bei allen Menschen gibt es bei Arabern solche und ganz andere Menschen, und natürlich existieren enge Beziehungen zwischen Arabern und Juden, die über das rein Geschäftliche hinausgehen – ebenso wie es unter Juden und Christen enge Freunde gibt. Aber eben auch Feinde.

Schon wieder »Juden raus!«

Nachdem seit etwa zwei Jahren wieder so viele jüdische und arabische Bomben gegen die Briten in Palästina geworfen worden waren, hatte die britische Herrschaft genug. Zwar hatte nur ein kleiner Teil der Bevölkerung gegen sie gekämpft – weder Herr Dajani noch Opa Justus haben so was je getan –, doch die britischen Politiker sahen ein: »Es bringt uns nichts, es kostet uns nur viel, wenn wir hier noch länger bleiben. Es kostet uns Menschenleben und Geld. Was soll's? Macht doch euren Dreck alleine, ihr Juden und ihr Araber. To hell with you! Für uns gilt: Ab die Post, zurück nach Großbritannien.«

1948, drei Jahre nach dem Ende des Zweiten Weltkriegs, zogen die britischen Truppen aus Israel ab.

Wie ging es weiter? Die Zionisten verkündeten: »Das ist unser Land! In Gänze. Aber notfalls finden wir uns mit einer Teilung ab, einem jüdischen Staat und einem arabisch-palästinensischen.«

Die palästinensischen Araber verkündeten: »Das ist unser Land! In Gänze! Keine Teilung! Alles ist unser!«

Abzug der britischen Truppen aus Palästina, Mai 1948

Bestenfalls galt der Satz von Herrn Dajani: »Geschäfte ja, Freundschaft nein.«

Der beste Fall trat nicht ein. Ein Bürgerkrieg zwischen Juden und Arabern in und um Palästina folgte.

Es gab noch einen letzten Rettungsversuch. Den unternahmen die »Vereinten Nationen«, abgekürzt: UNO. In der UNO sind alle Staaten dieser Welt vertreten, die großen ebenso wie die kleinen. Jeder Staat hat eine Stimme, egal ob es ein riesengroßes oder ein winzig kleines Land ist. Am 29.11.1947 beschloss die UNO die Teilung von Britisch-Palästina in je einen Jüdischen und einen Arabisch-Palästinensischen Staat.

Nein, war die Antwort der Palästinenser. Die Juden sollten raus aus Palästina, schließlich waren sie fast 2000 Jahre weg gewesen. Schon am nächsten Tag schossen die Palästinenser. Der Bürgerkrieg begann. In die Heimat ihrer Vorfahren geflüchtet waren neben den wenigen Juden aus Deutschland zum Beispiel solche aus Russland, der Ukraine, Belarus oder Polen. Als Rettungsanker, als Zuflucht vor Hitler und anderen Mördern brauchten und wollten sie endlich einen eigenen Jüdischen Staat, den Staat Israel. Nun sollten sie auch hier raus. Wohin? Zurück ins jeweilige Land ihrer Mörder und Möchtegernmörder? Nach Deutschland, nach Polen, in die Ukraine, nach Russland oder Belarus?

»Nie und nimmer!«, beharrte Ima Thea. »Da halten wir es lieber mit den Bremer Stadtmusikanten.«

»Wie meinst du das?«, fragte Ruth.

»Na, in dem Märchen gibt es doch den Satz, den der Hahn spricht: ›Etwas Besseres als den Tod findest du überall.‹ Und wenn schon, dann nehmen wir unsere Angreifer mit in den Tod.«

Aba Max stimmte zu. Willi/Seew, Ruth und Judith ebenfalls.

Thea, Max und ihre Familien überlebten. Sie blieben dort. Aus dem »Juden raus!« wurde in Palästina nichts: Den Bürgerkrieg um Palästina gewannen die Juden. Am 14. Mai 1948 wurde der Jüdische Staat Israel ausgerufen. Jubelnd sangen und tanzten die Israelis auf den Straßen und fielen sich in die Arme. Wieder einmal hatte man versucht, die Juden zu vernichten. Und wieder gelang ihnen die Auferstehung. Die jüdische Auferstehung heißt Israel.

Seitdem haben alle Juden der Welt einen Rettungs-

14.5.1948: Ben Gurion verkündet die Staatsgründung Israels

anker. Hierhin, nach Israel, können sie jederzeit kommen, wenn es je wieder solche Unmenschen wie Hitler und die Nazis geben sollte. Jeder anständige Mensch sagt zwar: »Nie wieder Hitler, nie wieder Nazis!« Das denkt, sagt und meint auch ihr bestimmt. Aber leider sind nicht alle Menschen so anständig wie ihr.

Als Israel gegründet, also unabhängig wurde, war ich fast auf den Tag genau ein Jahr alt. Verkündet hatte die Gründung des Jüdischen Staates Israel ein Mann, der aussah wie mein Opa Karl.

Jahre später, ich war ungefähr fünf, ging ich mit Ima Thea durch Tel Aviv: »Schau mal, Ima, da ist ein Plakat mit dem Kopf von Opa Karl.«

Justus Saalheimer und sein Enkel Michael

Thea Wolffsohn und ihr Sohn Michael 1947/48

»Du hast recht«, antwortete Ima Thea. »Er sieht wirklich aus wie Opa Karl. Er ist es aber nicht.«

»Wer ist es dann?«

»Ben Gurion.«

»Und wer ist dieser Ben Gurion?«

»Das ist der Mann, der Israel gegründet hat. Er hat auch die Unabhängigkeit Israels verkündet.«

Ben Gurion sah nicht nur klug aus, er war ein wirklich kluger Kopf und in der Lage, mit seinen Gedanken seinen Gefühlen entgegenzusteuern. Das zeigte sich wenige Jahre später: Da war Ben Gurion der erste israelische Politiker, der in Kontakt mit der neuen deutschen Regierung trat. Mit Deutschland zu verhandeln, war so kurz nach der Judenvernichtung für viele Juden und Israelis undenkbar. Ben Gurion aber sagte: »Nicht jeder Deutscher war ein Mörder und nicht alle Deutschen waren Nazis. Es gab auch gute Deutsche. Und meist gute Deutsche regieren heute ein neues Deutschland.«

In Deutschland fand Ben Gurion einen Politiker, der ähnlich dachte wie er. Dieser Deutsche hieß Konrad Adenauer – er war nach dem Krieg der erste deutsche Bundeskanzler. Beide wurden Freunde, und das war auch der Beginn einer ganz neuen Freundschaft zwischen Israel und Deutschland, ja, zwischen dem neuen Deutschland und den Juden. Davon erzähle ich im nächsten Kapitel.

Den Bürgerkrieg in und um Palästina hatten die Palästinenser begonnen und verloren. Deshalb konnte am 14. Mai 1948 die Unabhängigkeit Israels verkündet werden. Am 17. Mai wollten Ima Thea und Aba Max meinen ersten Geburtstag feiern. Doch daraus wurde nichts, denn schon wieder herrschte Krieg.

»An deinem Geburtstag saßen wir, wie manchmal, stundenlang unter dem Treppenhaus, um uns vor Fliegerangriffen der Ägypter zu schützen. Einen Luftschutzraum oder Bunker gab es nicht«, erzählte mir Ima Thea später. An meinem ersten Geburtstag waren der Zweite Weltkrieg und der Bürgerkrieg zwischen Zionisten und Palästinensern zwar vorbei, dafür aber kämpften der Jüdische Staat Israel und viele arabische Nachbarstaaten gegeneinander. Die waren nämlich von den Palästinensern nach ihrer Niederlage im Bürgerkrieg um Hilfe gebeten worden. Sie kamen, halfen – und verloren diesen Krieg, der allgemein als »Unabhängigkeitskrieg Israels« bezeichnet wird.

Auch nach diesem verlorenen Krieg kauften und produzierten die arabischen Staaten weiter Waffen und verstärkten ihre Armeen, um Israel doch noch von der Landkarte wegzuwischen.

Atemlos und zunächst ungläubig hörten Ima Thea und Aba Max im Radio die Nachrichten von »Kol Israel«, der »Stimme Israels«: »Wie unser Geheimdienst aus sicherer Quelle erfuhr, beraten ehemalige Offiziere der deutschen Nationalsozialisten das Militär in arabischen Staaten, vor allem in Ägypten und Syrien. Hitlers unvollendetes Werk – die Vernichtung der Juden – soll durch die Vernichtung des Jüdischen Staats fortgeführt werden.«

Ima Thea schnappte nach Luft. »Hitler ist tot, aber die Nazis leben. Ist Hitler vielleicht doch auferstanden?«

»Ach, Unsinn«, widersprach Max. Aber viele Nazis machten auch nach dem Zusammenbruch von Hitler-Deutschland mit ihrer Judenfeindschaft weiter. Dieser Hass ist endlos, es gibt ihn weiterhin.

Ein Kind vieler Kulturen

Am Tag meiner Geburt, am 17. Mai 1947, war ich Palästinenser, ein neuer Erdenbürger von Britisch-Palästina.

Als am 14. Mai 1948 Israels Unabhängigkeit verkündet wurde, wurde ich drei Tage vor meinem ersten Geburtstag Israeli. Jüdisch bin ich sowieso lebenslang. Das hat die Halacha, das jüdische Religionsgesetz, für mich beschlossen. Wer als Jude geboren wird, bleibt immer Jude.

Meine Kindheit war sehr schön. Tel Aviv war damals noch eine kleine und ärmliche Stadt. Als ich vier Jahre alt war, zogen wir um. Ramat Gan war noch kleiner und ärmlicher als Tel Aviv. Das Haus, in dem wir dort wohnten, war wahrlich kein Palast, aber die Wohnung war größer als die in Tel Aviv. Sie hatte drei große statt zwei kleine Zimmer und war, weil sie im damals popligen Ramat Gan lag, billiger. Meine Eltern konnten sie mit ihrem geringen Einkommen bezahlen. Gleich um die Ecke unserer Wohnung

Thea Wolffsohn mit Michael, davor Seew/Willi Wolffsohn im Genossenschaftsdorf Schadmot Dworah, am Berg Tabor, in Galiläa, 1952

wurde in der Fabrik »Elite« Schokolade hergestellt. Die Fabrik war so nah, dass der wunderbare Duft frischer Schokolade zu uns rüberwehte. Ich roch die Schokolade oft und aß sie selten, dazu hatten meine Eltern nicht genug Geld. Trotzdem war ich als Kind sehr glücklich.

Auch als ich 1953 in die Schule kam, fühlte ich mich dort wohl. Ich erinnere mich nur an zwei unangenehme Erlebnisse:

Meine Großeltern Wolffsohn lebten damals schon wieder in Deutschland. Sie schenkten mir einen schönen Leder-Schulranzen, auf den ich mächtig stolz war. In Israel war damals, so kurz nach dem Zweiten Weltkrieg, alles

Purim (jüdischer Karneval) im Kindergarten, Tel Aviv 1951. Michael Wolffsohn hintere Reihe, Dritter von links.

Deutsche verpönt, und so zerkratzten mir meine Klassenkameraden den Ranzen mit Metallgegenständen und Steinen, weil er aus »Nazi-Deutschland« stammte. Ganz kaputt machen konnten sie ihn nicht, dazu hatte er eine zu gute Qualität – echte »deutsche Wertarbeit« sozusagen. Übrigens kaufen die Israelis heutzutage längst mit Wonne deutsche Waren. »Made in Germany« war in meiner Kindheit in Israel tabu und gilt heute als toll. So ändern sich die Zeiten und wir mit ihnen! Manchmal tatsächlich zum Besseren.

Mein zweites unschönes Erlebnis hatte damit zu tun, dass ein Klassenkamerad von mir abschreiben wollte. Peinlich (aus meiner heutigen Sicht) belehrte ich ihn besserwisserisch, er würde doch viel mehr lernen, wenn er sich alles selbst erarbeite. Außerdem sei Abschreiben unehrlich. Doch jener Knabe wollte weder klug noch ehrlich werden. Vor lauter Wut stieß er mich gegen einen rostigen Nagel in der Schulbank.

Die Wunde nähte unser Hausarzt und Familienfreund Dr. Fritz Eisen aus Danzig. Auch er war erst Deutscher, dann Nicht-mehr-Deutscher, ab 1948 Israeli. Vor dem Vernähen gab mir Dr. Eisen eine Spritze. Dummerweise hatte ich Angst vor Spritzen. Ich beschimpfte den netten Mann mit hebräischen Flüchen: »Gemeiner Esel, Hintern eines Kamels!«

Endlich gehörte ich auch sprachlich zur jüdisch-israelischen Gemeinschaft! Aber nicht lange – denn fünfzehn Jahre nach ihrer Flucht ins gelobte Land zogen meine Eltern mit mir zurück nach Deutschland, ins Land der Täter. Wie das kam, darum geht es im nächsten Kapitel.

Kapitel 4

Trotz allem und nach allem wieder Deutschland

Deutschland? Nie wieder!

Stolz zeigte mir Opa Justus seinen deutschen Orden. Ich war elf Jahre alt. »Was, du hast von Hitler einen Orden bekommen?«, fragte ich erstaunt.

»Doch nicht von Hitler. Von Wilhelm II., dem Deutschen Kaiser. Ich war im Ersten Weltkrieg deutscher Soldat. Damals kannte kein Mensch den Unmenschen Hitler. Deutschland war noch ein Kaiserreich und wurde vom Kaiser regiert.«

»Ach so, du warst im Ersten Weltkrieg, nicht im Zweiten Weltkrieg deutscher Soldat!«

»Natürlich nicht. Während des Zweiten Weltkriegs waren wir in Palästina, wir sind vorher aus Hitlers Deutschland geflohen. Im Ersten Weltkrieg haben fast alle erwachsenen jüdischen Männer, die in Deutschland lebten, für Deutschland gekämpft, und viele sind für Deutschland im Krieg gefallen. Der Dank des Vaterlands blieb aus. Aber das haben wir erst später kapiert, nämlich als Hitler an die Macht kam. Da wurden wir Juden auf einmal nicht mehr als Deutsche behandelt, und dass wir im Krieg gekämpft hatten, galt gar nichts mehr.«

»Warum lebst du mit der Oma nicht wieder in Deutschland? Der Hitler ist tot, von den Nazis sieht und hört man eigentlich nichts, und wir Juden werden dort gut behandelt.«

Justus' bislang lockere Miene wurde streng. »Nach allem, was Deutschland und die Deutschen uns Juden und auch unserer Familie und mir angetan haben, kehre ich nie mehr nach Deutschland zurück.«

»Auch nicht zu Besuch?«

»Doch, zu Besuch ja. Dort leben? Nein, nein und nochmals nein.«

So war es, so blieb es. Allerdings reisten Opa Justus und Oma Gretl jedes Jahr einmal nach Deutschland. Dabei besuchten sie gern auch Bamberg und Nürnberg, wo Gretl geboren worden, aufgewachsen und zur Schule gegangen war. Dort suchten sie alte Bekannte auf, die auch während der Hitler-Zeit nett zu ihnen gewesen waren. Zum Beispiel Frau Hahn, die Pelzhändlerin.

»Wie schön, liebe Frau Saalheimer, dass Sie wiederkommen. Was für ein Glück, dass Sie und Ihr Mann leben! Nach all den schrecklichen Dingen, die man den Juden angetan hat.«

»Aber nicht Sie, liebe Frau Hahn. Sie waren auch in der Hitler-Zeit nett zu uns. Nicht alle Deutschen waren Schufte oder gar Judenmörder.«

»Aber es hätten mehr sein können, mehr sein müssen.«

»Oh ja, da haben Sie recht.«

»Warten Sie, ich hab was für Sie«, sagte Frau Hahn, ging nach hinten und kam mit einem Pelzmantel in der

Justus und Gretl Saalheimer, ca. 1956

Hand zurück zu Opa Justus und Oma Gretl. »Seh'n S', hier ist Ihr schöner Pelzmantel. Den ham's vor Ihrer Flucht nach Palästina nicht abholen könn'.«

Oma Gretl und Opa Justus verschlug es die Sprache. Längst hatten sie diesen Pelzmantel vergessen, denn bei ihrer Flucht aus Bamberg hatten sie ganz andere Sorgen gehabt als den Pelzmantel. Und danach, als sie versuchten, in Tel Aviv Fuß zu fassen, und in Europa der Krieg tobte und die Juden vernichtet wurden, erst recht.

Ihr seht, es gab auch in Hitlers Deutschland anständige Menschen, wie immer und überall auf der Welt. Nirgendwo gibt es nur Anständige oder nur Saukerle. Deshalb sage ich auch nie »die« Deutschen oder »die« Juden, »die« Palästinenser, »die« Araber oder »die« Amerikaner.

Ging Opa Justus bei seinen Deutschland-Besuchen auch wieder ins Nürnberger Bratwursthäusle? Nein, das Bratwursthäusle ließ er links liegen.

»Grüß Gott, Herr Saalheimer.« Es war derselbe Wirt, der seinerzeit sein Lokal »judenrein« haben wollte und seinem Stammgast »Auf Nimmerwiedersehen« gesagt hatte. Nun, da Hitler tot war und die Nazis besiegt, war er Opa Justus gegenüber wieder die Freundlichkeit in Person.

Wortlos und grußlos ging Opa Justus an ihm vorbei.

»Ja mei, Herr Saalheimer, geh'n S' her«, rief der Wirt ihm hinterher. »Was hätt i denn damals machen sollen? Der Hitler hat uns das doch befohlen. Und was war denn schon dabei, wenn man ›Heil Hitler‹ sagte? Ein Gruß halt. Und hätt' ich Sie net nausg'schmissen, wär' ich ins KZ Dachau 'kom'.« Das war natürlich alles gelogen, denn selbst zur Zeit der Nazis kam keiner ins KZ, der einem Gast Bratwürste servierte. Schon gar nicht, wenn der Gast gar nicht von einem x-beliebigen Deutschen unterscheidbar war, weder vom Aussehen noch vom Benehmen her. Und statt »Heil Hitler« hätte man gefahrlos »Hallo«, »Guten Tag« oder auch »Grüß Gott« sagen können, dachte sich Justus.

Voller Verachtung und ohne zu antworten ging Justus deshalb am Wirt des »Nürnberger Bratwursthäusle« vorbei – und schwupp, geradewegs rein ins »Nürnberger Bratwurstglöcklein«, denn auf seine Nürnberger Bratwürste, garantiert aus Schweinefleisch, wollte er keinesfalls verzichten.

Hatte diese Gaststätte in der Hitler-Zeit Juden reingelassen? Hatte man auch dort Schilder angebracht, auf denen zu lesen stand: »Juden unerwünscht, nur Arier werden hier bedient«? Opa Justus wusste es nicht, denn damals war er immer nur im Bratwursthäusle gewesen. Und jetzt wollte er es gar nicht so genau wissen. »Was ich nicht weiß, macht mich nicht heiß«, sagte er zu sich selbst.

Ihr wundert euch vielleicht, weshalb Justus sich sozusagen selbst belog. Vielleicht ist es schwer verständlich, aber sich die Wahrheit einzugestehen und danach zu handeln hätte ihn zu traurig gemacht. Opa Justus liebte das Leben und mied alles Unangenehme, wann und wo er konnte. Ist das nicht menschlich? Ist nicht jeder Mensch so, zumindest ein bisschen?

So oder so: Dauerhaft kehrten Opa Justus und Oma Gretl nicht mehr nach Deutschland zurück. Sie starben in Israel und dort sind sie begraben. In Deutschland geboren, im Jüdischen Staat begraben. Wegen Hitler und nach Hitler.

Trotz allem, nach allem – Deutschland

Ebenfalls wegen und nach Hitler entschieden sich Karl und Recha Wolffsohn ganz anders. Sie kehrten nach Deutschland zurück, ins »Land der Mörder«. Nach allem und trotz allem. Wegen Hitler, der ihnen damals mit seinen mitlaufenden Eiferern ihr gesamtes Vermögen geraubt hatte. Diese Ungerechtigkeit nagte an Opa Karl.

»Nie und nimmer überlasse ich den Räubern das mir Geraubte«, erklärte er im Sommer 1949. Vergeblich hatte er sich nach dem Ende des Zweiten Weltkriegs und dem Zusammenbruch des Hitler-Regimes von Tel Aviv aus darum bemüht, das ihm von den Nazis geraubte Eigentum zurückzuerhalten. Ohne Erfolg – es war klar, dass ihm dies, wenn überhaupt, nur vor Ort, in Deutschland gelingen würde. »Ich werde an Ort und Stelle, in West-Berlin, vors Gericht ziehen und um Rückgabe oder Entschädigung kämpfen.«

Darauf Sabta Recha: »Das verstehe ich, und es ist klar, dass du recht hast. Doch recht haben und Recht bekommen sind leider zweierlei, das weißt du. Und du weißt auch, dass dieselben Nazi-Richter, die unter Hitler über das, was man ›Recht‹ nannte, entschieden haben, wieder in Amt und Würden sind. Sie haben damals viel Unrecht zugelassen. Jetzt gilt in Westdeutschland zwar wieder richtiges Recht, aber ob die Richter von damals die Richtigen sind, um uns unser Vermögen zurückzugeben, darf man bezweifeln.«

»Aber ich will nicht klein beigeben. Ich verzichte nicht. Ich räume das Feld nicht kampflos.«

»Du weißt aber auch, dass wir als Israelis zwar in jedes freie Land reisen dürfen, nicht aber nach Deutschland. Der Staat Israel will nicht, dass seine Bürger das Land der Mörder durch ihre Anwesenheit aufwerten und das Geschehene damit sozusagen verharmlosen.«

»Ich weiß das alles, aber das regele ich schon.«

Auch mit meinen Eltern, speziell mit Ima Thea, gab es heftige Diskussionen, ja sogar Streit, als Opa Karl nur vier Jahre nach dem Zusammenbruch des Hitler-Regimes verkündete: »Wir gehen jetzt nach Deutschland. Wir ziehen nach Berlin zurück. Nach West-Berlin.«

»Doch wohl nicht dauerhaft?«, fragte Thea aufgebracht.

»Nein, aber für längere Zeit.«

»Warum ausgerechnet nach Deutschland?«

»Weshalb ausgerechnet?«

»Na, hör mal. Bis vor wenigen Jahren wurden in Hitlers Deutschland Juden ermordet, und jetzt beschließt du mir nix, dir nix, dahin zurückzuziehen?«

»Nix mir nix, dir nix. Ich habe gute Gründe.«

»Welche sollen das sein? Weil es in Berlin nicht so bullenheiß ist wie in Tel Aviv?«

»Nein, viel triftigere Gründe.«

»Und die wären?«

»Schau, Thealein.« Opa Karl mochte Thea. Deshalb sprach er auch bei Meinungsverschiedenheiten immer freundlich mit ihr. »Hitler und seine Mitverbrecher haben mir damals alles geraubt, was ich mühsam und ehrlich erarbeitet hatte. Nicht nur das. Ich habe bei all meinen Geschäften immer darauf geachtet, dass ich mich nicht auf Kosten anderer Menschen bereichere. Ich habe mich immer gefragt: Können das andere Menschen brauchen? Wollen sie es haben? Können sie es bezahlen? Früher nannte man so jemanden einen ›ehrbaren Kaufmann‹. Und dann haben uns die Nazis ganz unehrenhaft und räuberisch alles weggenommen, was wir uns aufgebaut hatten. Bis heute, vier Jahre nach Hitler, habe ich keinen Pfennig zurückbekommen als Entschädigung für den Raub. Deshalb stellt sich für mich ganz einfach die Frage: Soll ich wirklich den Räubern alles überlassen? Soll ich ihnen sagen: Alles klar, danke, ich hab halt Pech gehabt. Euer Rauben hat sich gelohnt, behaltet alles und freut euch des Lebens. Sollen die denken, der olle Wolffsohn ist blöd genug und sagt nicht mal piep?«

Thea war trotzdem noch nicht ganz überzeugt. »Die Deutschen haben uns Juden beraubt und ermordet. Sie haben buchstäblich jüdisches Blut an ihren Händen. Wenn du jetzt von den Deutschen Geld nimmst, ist das dann nicht Blutgeld, also ganz schlimmes Geld, das man als anständiger Mensch nicht in die Hand nimmt?«

Aber auch hierauf hatte Karl ein Gegenargument, das Thea schließlich überzeugte: »Ich nehme kein Blutgeld, weil ich nicht das Geld der Ermordeten nehme. Ich nehme nur das, was mir mal gehörte. Keinen Pfennig mehr.«

Zurück in Deutschland

Und so geschah es. Karl und Recha Wolffsohn kehrten im Dezember 1949 nach Deutschland zurück, genauer: nach West-Berlin. Sie waren so arm wie Kirchen-, Moscheen- oder Synagogenmäuse. Eine Wohnung mieten konnten sie

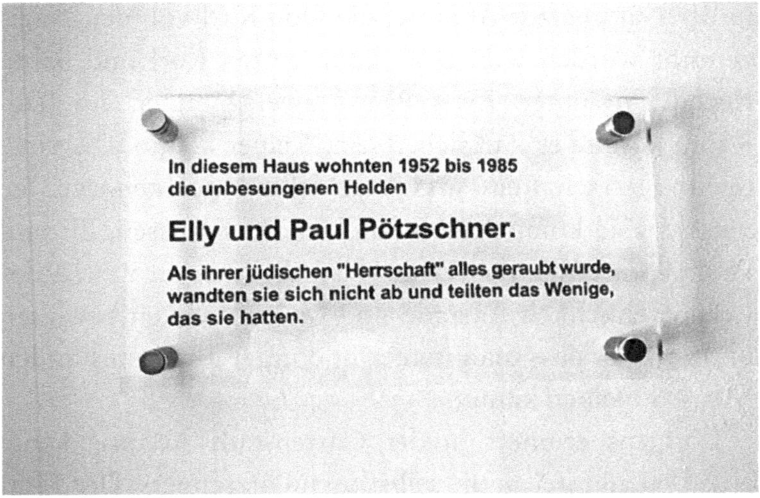

Gedenktafel für das Ehepaar Pötzschner in der Gartenstadt Atlantic, Berlin

nicht, dafür reichte das Geld nicht. Für ein geringes Entgeld kamen sie in den ersten beiden Jahren bei Paul und Eli Pötzschner unter. Die beiden treuen Seelen waren schon vor Hitler Hausangestellte der Wolffsohns gewesen und hatten für die Erziehung von Willi und Max mindestens soviel getan wie deren eigentliche Eltern. Unter der Herrschaft der Nazis war es ›Ariern‹ verboten, bei und für Juden zu arbeiten. Paul und Eli pfiffen darauf. Sie weigerten sich, nach Hitlers Pfeife zu tanzen. Bis Opa Karl und Sabta Recha Deutschland verließen, hatte Eli weiter für Haus und Küche gesorgt, Paul für alles außerhalb des Hauses.

Nach dem Ende des Zweiten Weltkriegs lebten die Pötzschners in einer klitzekleinen Zwei-Zimmer-Wohnung in der Gartenstadt Atlantic, die Opa Karl von den Nazis geraubt worden war. Dort kamen Opa Karl und Sabta Recha nun unter. Zwei Paare, zwei Zimmer, ein Bad. Kaum konnte es kärglicher sein. Keiner klagte. Die einstigen »Herrschaften« und Angestellten mochten sich. Sie wussten, sie konnten sich aufeinander verlassen. Eli und Paul gehörten zu den Deutschen, die auch in Zeiten der Unmenschlichkeit Anstand und Menschlichkeit bewiesen und zeigten, dass man immer und unter allen Umständen Mensch bleiben kann.

Übrigens erinnert in der Gartenstadt Atlantic heute eine Gedenktafel an die selbstlosen Pötzschners. Der Text: »In diesem Haus wohnten von 1952 bis 1985 die unbesungenen Helden Elli und Paul Pötzschner. Als ihrer ›Herrschaft‹ alles geraubt wurde, wandten sie sich nicht ab und teilten das Wenige, das sie hatten.«

Opa Karls Kampf um sein Eigentum

Auch beim jahrelangen Kampf um sein ehemaliges Eigentum erlebte Opa Karl Anstand und Großzügigkeit – allerdings leider nur in wenigen Fällen. Einer der Anständigen war der Filmverleger Paul Franke, den Karl im September 1951 in Bad Reichenhall zum wiederholten Mal traf.

»Herr Wolffsohn, ich habe in der NS-Zeit vom Raub an Ihrem Verlag profitiert«, bekannte Franke. »Wir müssen das nicht vor Gericht regeln. Ich zahle Ihnen freiwillig einen Anteil von meinen damaligen Gewinnen.«

Auch solche Deutsche gab es. Leider blieben Leute wie Franke eine Minderheit. Leidvoll musste Opa Karl, wie viele andere, feststellen: Die meisten, die vom NS-Raub an Juden reich geworden waren, rückten nichts raus. Einen Prozess nach dem anderen führte er in den folgenden Jahren, um das einst geraubte Vermögen für sich und seine Familie zurückzuerkämpfen. Nur einen Bruchteil bekam er zurück.

Warum war das so? Ganz einfach: Niemand gibt gerne zurück, was er einmal genommen, bekommen oder auch geraubt hat. In einem normalen Staat schützt der Staat das Eigentum seiner Bürger. Im Nazi-Staat half der Staat dabei, seine eigenen jüdischen Bürger zu berauben. Die wenigsten, die davon profitiert hatten, gaben den Besitz wie Franke von selbst zurück oder zahlten freiwillig eine Entschädigung.

Opa Karl blieb also nichts anderes übrig, als vor Gericht zu ziehen und die Richter über die Rückgabe der Güter entscheiden zu lassen. Für jedes Raubgut musste es einen eigenen Prozess geben. Weil Opa Karl viel geraubt worden war – die Lichtburg in Essen, die Scala und die Plaza in Berlin, die Gartenstadt Atlantic und noch mehr –, musste er viele Prozesse führen. Jeder Prozess kostet viel Geld und noch mehr Nerven, denn wie Sabta Recha es vorausgesehen hatte, wurde in den ersten Jahrzehnten nach Hitler in Deutschland wahrlich nicht immer Recht gesprochen. Von Gerechtigkeit ganz zu schweigen.

Die meisten Menschen, die anderen etwas geraubt haben, lügen, wenn sie das Raubgut zurückgeben sollen.

So auch bei den Prozessen, die Karl führte. Die Verhandlungen waren so schwierig, dauerten so lange und machten Opa Karl so traurig, dass er am Herz schwer krank wurde und darüber 1957 starb.

Herzschmerzen bekam Opa Karl auch deshalb, weil Sabta Recha recht gehabt hatte: Die Richter sympathisierten erkennbar mit den Räubern, nicht mit ihm, dem Beraubten. Warum? Weil es in den Fünfzigerjahren, nur wenige Jahre nach Hitler, dieselben Richter waren wie unter Hitler. In ihren Herzen waren sie, wie viele Deutsche damals, immer noch Nazis, heimlich trauerten sie Hitler nach. Die neue Freiheit, die die Menschen in Westdeutschland hatten, war ihnen im Grunde egal.

Woran lag das?, kann man sich zu Recht fragen. Nun, unter Hitler waren die Deutschen ausgezogen, um die Welt zu erobern. Am Ende siegte die Welt gegen Deutschland. Statt bestraft zu werden, versuchte man in Westdeutschland, der »Bundesrepublik Deutschland«, ein Land des Friedens, der Versöhnung und des Wohlstands zu errichten. Doch den wahren Wert dieses wunderbaren Geschenks von Versöhnung und Freiheit haben nicht alle Deutschen gleichermaßen gewürdigt. Viele trauerten der alten Ordnung hinterher – auch so mancher Richter. Mein Opa Karl rannte demnach gegen eine doppelte Wand: gegen die Wand derer, die ihn beraubt hatten, und gegen die Wand der Richter.

Und so verlor er einen Prozess nach dem anderen: Weder die Lichtburg in Essen noch die Scala in Berlin erhielt er zurück – und für beide bekam er auch keine Ent-

Karl Wolffsohn in Berlin, 1955

schädigung. Im Gegenteil: Die Dresdner Bank fühlte sich durch die Vorwürfe der Familie Wolffsohn, sie hätten Opa Karl um die Scala betrogen, in ihrer Ehre verletzt. Dafür verlangten sie nun »Entschädigung« – und tatsächlich musste am Ende nicht die Dresdner Bank Opa Karl für den Raub entschädigen, sondern er musste die Bank für die Verletzung von deren Ehre entschädigen! Das entschied das höchste Gericht der Bundesrepublik Deutschland.

Es gab noch einen weiteren Grund dafür, dass Opa Karls Kampf so schwierig war. West-Deutschland, also die Bundesrepublik Deutschland, war damals arm, und wer arm ist, kann nichts zahlen.

Noch viel weniger Geld hatte der zweite deutsche Staat, der nach Hitler entstand. Dieser Staat hieß DDR, Deutsche Demokratische Republik. Der Name gaukelte etwas vor, das es in der DDR nicht gab: Demokratie. »Demokratie« heißt Volksherrschaft. Und das bedeutet: Das Volk, alle Bürger, wählt seine Regierung und kann die Regierung auch abwählen, wenn es unzufrieden ist. Freie Wahlen fanden in der DDR aber nicht statt. Die Regierung der DDR blieb nur an der Macht, weil sie einen starken Beschützer hatte: die Sowjetunion. Auch dort waren die Bürger so wenig frei wie in der DDR. Die Regierungen der DDR und der Sowjetunion wollten das von Hitler den Juden Geraubte ebenfalls nicht zurückgeben. Da sie ohnehin kaum etwas hatten, wollten sie das Wenige, das sie hatten – auch wenn sie es zu Unrecht hatten –, behalten.

Auch die Regierung der Bundesrepublik Deutschland hatte damals kein Geld übrig, um Entschädigungen zu zahlen. Aber sie hatte an ihrer Spitze einen Mann, der einsah, dass man Raubgut nicht behalten kann und darf, ohne dabei selbst zum Räuber zu werden. Dieser Bundeskanzler hieß Konrad Adenauer, und seine Partei hieß (und heißt noch immer) CDU, Christlich Demokratische Union Deutschlands. Konrad Adenauer war so etwas wie der Stamm- oder Gründervater der Bundesrepublik Deutschland, in der wir jetzt leben. Adenauer hatte auch außerhalb seiner Regierung Menschen und vor allem eine weitere Partei, die seine Meinung in dieser Frage teilten. Diese Partei hieß (und heißt noch immer) SPD, Sozialdemokratische Partei Deutschlands. Mit ihr zusammen hat es der

Bundeskanzler geschafft, dass die Bundesrepublik sich dazu verpflichtete, den Juden das Geraubte zurückzugeben oder ihnen wenigstens etwas Geld zu zahlen. Man nannte das »Wiedergutmachung« und »Entschädigung«.

Für die Lichtburg, die Scala und Plaza war das zu spät. Nur die Gartenstadt Atlantic bekam die Familie Wolffsohn zurück. Das passierte aber erst 1962 – das erlebte Opa Karl nicht mehr. Den Prozess gewann mein Aba Max, der wegen dieses und anderer Prozesse mit Ima Thea und mir nach Deutschland zurückgekehrt war. Bevor ich davon erzähle, reisen wir aber erst mal in den Ferien dorthin.

1953: Erstmals wieder Deutschland

Ich war sechs Jahre alt, als ich den Namen Konrad Adenauer zum ersten Mal hörte. Das war im Jahre 1953. Noch lebten wir in Israel, doch in diesem Sommer besuchten meine Eltern und ich Europa und auch Deutschland.

Dass das überhaupt möglich war, hatten wir Adenauer und dem Mann zu verdanken, der Opa Karl so ähnlich sah: Ben Gurion, der Staatsgründer Israels. Jahrelang hatte Israel keine Kontakte zum »Land der Täter« gewollt. Ben Gurion und Konrad Adenauer aber verstanden sich, und gemeinsam handelten sie einen Vertrag aus, der die Beziehung der beiden Länder auf neue Füße stellte.

Und so fuhren wir 1953 nach Italien, in die Schweiz und nach Deutschland, in das »Land der Mörder«.

Konrad Adenauer und Ben Gurion bei ihrer ersten persönlichen Begegnung, New York, 14. März 1960

Ich fand dieses Land sehr schön. Vorher waren wir in Rom gewesen, und dort hatte ich gelernt: Ruinen sind höchst bemerkens- und besuchenswert. Im Kolosseum zeigte mir meine Mutter, »wo die Löwen bei den Römern in die Arena reinkamen«, und das stand mir so lebhaft vor den Augen, dass ich altkluger Sechsjähriger das sogar noch zweitausend Jahre später zu riechen glaubte: »Ja, Ima, man riecht es noch heute, dass sie da Pipi gemacht haben.«

Mit Opa Karl und Sabta Recha überquerten wir später mit einem Leihauto die Halensee-Brücke in Berlin. Auch hier, wohin man blickte: Ruinen, nichts als Ruinen. Ich staunte. »Warum sind hier so viele Ruinen?«

Sabta Recha klärte mich auf: »Diese Ruinen sind zer-

Die zerbombte Mitte Berlins mit Schloss und Dom im Hintergrund

bombte Häuser. Das war Hitlers ›Geschenk‹ an die Deutschen. Die Strafe dafür, dass fast alle ihn vorher bejubelt hatten.«

»Was war Hitler?«, fragte ich. Ich hatte den Namen vorher noch nie gehört.

»Ein Massenmörder. Er hat Millionen Juden und andere Menschen ermordet und ermorden lassen. Wir sind seinetwegen aus Deutschland geflohen, bevor man auch uns umgebracht hätte.«

»Also war der Hitler schlecht.«

»Das kann man wohl sagen.«

»Und wie war das möglich? Dass dieser Hitler das befehlen konnte?«

»Er war Reichskanzler. Und der Reichskanzler konnte bestimmen.«

»Gibt es auch heute in Deutschland einen Reichskanzler?«

»Nein, es gibt jetzt einen Bundeskanzler. Der heißt Konrad Adenauer.«

»Und der kann befehlen?«

»Nein, nicht befehlen, aber er bestimmt die Richtung. Und die Menschen können ihn und seine Regierung frei wählen und auch abwählen.«

»Dann ist also der Adenauer gut und der Hitler war schlecht.«

»Ja, Michael.«

Das war Sabta Rechas Einführung in Geschichte und Politik.

Von all dem Schrecklichen, das unter diesem bösen Hitler geschehen war, wusste ich als Sechsjähriger damals noch nichts. Ich war nach meinem ersten Besuch im Land meiner Vorfahren begeistert von Deutschland und Europa, und das ließ ich nach meiner Rückkehr nach Israel alle wissen.

Ich musste mich impfen lassen. Meine Eltern und viele andere auch. Wir standen in der Schlange. Vorne der Impfarzt. Nun war ich dran. Impfen empfand ich, wie Spritzen, als Menschenquälerei. Diesmal wählte ich keinen hebräischen Tierfluch. In inzwischen fehler- und akzentfreiem Hebräisch schrie ich der Menge meiner geduldig wartenden israelischen Mitbürger und dem Impfarzt ins Gesicht:

»In Deutschland müsste ich mich nicht impfen lassen. In Deutschland ist alles besser. In Deutschland ist alles besser!«

Meine Eltern wären am liebsten im Erdboden versunken. Zum Glück waren die Umstehenden, anders als sonst in Israel üblich, zu höflich, mir ihren Ärger zu zeigen. Bestimmt haben sie mich und meine vermeintlich schlecht erziehenden Eltern in die Hölle gewünscht, doch sie ließen sich nach außen nichts anmerken und kommentierten mein Geschrei nicht.

Wie und warum Ima Thea, Aba Max und ich (wieder) nach Deutschland kamen

Juli 1954. Deutschland war gerade Fußball-Weltmeister geworden – das erste große internationale Erfolgserlebnis der noch jungen Bundesrepublik Deutschland! Opa Karl rief aus Berlin Aba Max in Tel Aviv an. So ein Ferngespräch war damals technisch schwierig und darum sündhaft teuer. Man konnte nicht direkt durchwählen. Ferngespräche gingen über das Fernmeldeamt. Da hatte man eine Frau oder einen Mann »an der Strippe«, in der Leitung, und wartete und wartete und wartete – und zahlte Unsummen.

»Max, ich brauche deine Hilfe. Ich bin schwer krank, ich hab's am Herzen. Die Richter an den Gerichten mauern: Sie wollen uns nicht das von Hitler und den Nazis Geraubte zurückgeben. Alleine kann ich die Last der Gerichtsverfahren nicht mehr stemmen. Ich brauche deine Hilfe. Bitte komm nach Berlin und hilf mir bei den Prozessen.«

»Ich komme aber nicht alleine, Vati.«

»Natürlich nicht. Bring Thea und Michael mit, aber komm. Bitte.«

Was war passiert?

Opa Karl war mit seinen Versuchen, für das geraubte Eigentum zumindest Entschädigungen zu bekommen, gegen dicke Wände gerannt. Nicht *wegen* Adenauer und seinen Partnern, sondern *trotz* ihrer Bemühungen um sogenannte »Wiedergutmachungen«. Kein Bundeskanzler kann Richtern befehlen. Die Gerichte sind in einer Demokratie frei, und die Bundesrepublik Deutschland ist eine Demokratie. Die funktioniert anders als unser Laptop, wo wir einen Befehl eingeben, »Enter« drücken, und dann läuft's. So läuft's in einer Demokratie nicht, und darüber sollten wir froh sein. Wenn nämlich nur einer befiehlt, genießt nur der die Freiheit, alle anderen nicht.

Schön und gut und richtig, doch mein Opa Karl litt darunter. Die Nazi-Richter, die nur nach außen keine Nazis mehr waren, machten ihm das Leben schwer: Die Lichtburg in Essen, die Scala, die Plaza und noch viel mehr waren unwiederbringlich verloren.

All dies verursachte Opa Karl tiefe Schmerzen. Dieser Schmerz drückte auf sein Herz und damit auf seine Gesundheit. Allein konnte er die Prozesse nicht weiterführen. Er brauchte die Hilfe seines Sohns Max.

Nun stellte sich für Ima Thea die gleiche Frage, die sie Opa Karl knapp fünf Jahre zuvor gestellt hatte: »Zurück nach Deutschland? Ausgerechnet? Ausgerechnet zurück ins Land der Mörder?«

Aba Max gab ihr die gleiche Antwort wie seinerzeit Karl und die Antwort überzeugte sie auch diesmal: »Willst du wirklich den Räubern das Geraubte überlassen? Willst du die ehemaligen Nazi-Richter schalten und walten lassen, wie sie wollen?«

Nein, nein und nochmals nein. Ima Theas Gerechtigkeitssinn ließ es nicht zu, kampflos aufzugeben. Nicht noch einmal durfte man als Jude deutschen oder anderen Räubern gegenüber das Feld räumen.

Thea ist kein Einzelfall. Nach der NS-Katastrophe, nach dem unglaublichen Unglück, das Hitler und seine Mitverbrecher den Juden angetan hatten, wird sich kein Jude mehr wie ein wehrloses Schaf auf die Schlachtbank führen lassen. Am wenigsten dazu bereit ist der Jüdische Staat, also Israel. Bis heute schließt der israelische Staat die Anwendung von Gewalt in der Politik nicht aus. Viele Menschen außerhalb Israels verstehen das nicht. Die Antwort ist klar und einfach: Weil Israelis und die meisten Juden sagen: »Wir wollen nie wieder Opfer sein!«

In Deutschland ist genau das Gegenteil der Fall: Heute sagen die meisten Deutschen in Erinnerung an die schrecklichen Taten der Nazis: »Wir wollen nie wieder Täter sein!«

Jede Seite hat die für sie einzig richtige Antwort gefunden. Gerade deshalb verstehen viele Deutsche nicht, weshalb Israel und die Juden bei politischen Entscheidungen oft so hart sind. Umgekehrt verstehen viele Juden und

Israelis die politische Weichheit der meisten Deutschen nicht.

Was tun? Statt nur auf den eigenen Bauchnabel, also auf sich selbst, zu schauen, sollte jede Seite auch die andere Seite im Blick haben. Jeder sollte sich in den anderen einfühlen und versuchen, seinen Blickwinkel zu verstehen.

»Euer Scheiß-Nazi-Traktor läuft leider verdammt gut«

Kurz nach Opa Karls Anruf packten meine Eltern die Koffer und zogen zurück nach Deutschland. Natürlich mit mir.

Anders als wir kehrte Willi Wolffsohn, seit seiner Einwanderung nach Britisch-Palästina Seew Wolffsohn, nie wieder dauerhaft nach Deutschland zurück. Jahrelang wollte er Deutschland nicht einmal besuchen. »Keinen Pfennig lasse ich im Land der ehemaligen Mörder. Woher weiß ich denn, dass Herr X oder Frau Y keine Nazis waren oder gar Mörder?«, war seine Antwort, wenn man ihn nach dem Warum fragte. Viele, wohl die meisten der überlebenden ehemals deutschen Juden dachten und handelten noch lange Zeit wie mein Onkel Seew. Egal, ob sie nun nach ihrer Flucht aus Deutschland in Israel lebten oder in Frankreich, Großbritannien, in den USA, Kanada, Lateinamerika, Australien, Neuseeland oder in Südafrika. Wer wollte es ihnen verübeln? Gewiss, sie alle wussten, dass selbst zur Zeit von Hitler nicht alle Deutschen Nazis und Judenfeinde waren, aber zu viele waren es doch gewesen. Außerdem hätte die Macht der Erinnerungen sie zu traurig gestimmt.

1955, genau zehn Jahre nach Hitler und kurz nachdem auch wir wieder nach Berlin gezogen waren, besuchte Onkel Seew West-Berlin. Damals war ich acht Jahre alt, aber ich erinnere mich an Seews Ankunft, als wäre es gestern. Flughäfen sahen damals anders aus als heute. In Berlin-Tempelhof, das war West-Berlins Flughafen, gab es eine verglaste Besucherhalle. Man konnte sehen, wo und wie die Fluggäste aus dem Flugzeug stiegen. Auch wenn der Flieger dicht am Flughafengebäude parkte, wurde eine Treppe an die Flugzeugklappe gerollt, denn Gangways, die wie heute direkt ins Flughafengebäude führten, gab es nicht. So konnte wir alle Seew aussteigen und zum Ausgang laufen sehen.

»Jesses, der Willi kommt wie ein Bauer dahergelaufen. In ungebügelten Khaki-Hosen und Khaki-Hemd!«, rief meine Etepetete-Sabta Recha entsetzt.

»Er ist Bauer, Muckchen«, brummte Opa Karl, »und er ist glühender Zionist. Und du weißt, dass der Zionismus und damit auch Israel den neuen jüdischen Menschen schaffen will. Vor allem jüdische Bauern, keine Stadtmenschen mehr wie wir und die meisten Juden bisher.« Innerlich kochte er aber genau wie seine Frau und murmelte fast unhörbar zu sich selbst: »Bauer hin, Bauer her, Stadtmensch hin, Zionist her. Er hätte sich wenigstens seiner Mutter zuliebe anständig kleiden können. Ich bin ja eigentlich auch ein Schlamper. Mir ist es wurscht, wenn mein Anzug ungebügelt ist oder meine Krawatte Flecken hat. Aber meine Frau Gemahlin ist eine piekfeine Dame. Warum muss Willi sie absichtlich ärgern?«

Opa Karl kannte die Antwort, weil er Willi/Seew und das Selbstbild kannte, das damals (heute nicht mehr) in Israel vorherrschte. Willi/Seew, der stramme Zionist und Bauer, wollte es seinen Eltern, diesen Stadtjuden, zeigen: dass der wahre neue Jude in Israel lebt und nicht woanders. Und nicht in irgendeiner israelischen Stadt, sondern in Israel auf dem Land. Als Bauer. Und wenn ein Jude schon kein neuer Jude und Bauer werden, sondern weiter Stadtmensch bleiben will, dann gewiss nicht im Nazi-Hitler-Land Deutschland.

Die Begrüßung zwischen Eltern und Sohn war kühl. Man fuhr in die Wohnung von Karl und Recha. Genau besehen war es nicht ihre Wohnung. Sie wohnten dort weiterhin als Untermieter. Geld, um eine eigene Wohnung zu mieten oder gar zu kaufen, hatten sie immer noch nicht.

Man fuhr also zu Karl und Recha. Ima Thea und Aba Max in ihrem VW-Käfer, Opa Karl, Sabta Recha, Seew und ich im Taxi. Allgemeine Stille. Karl kocht wütend und leise vor sich hin. Recha ebenso. Allmählich wird ihr das Schweigen peinlich. Ihr fällt ein, dass ihr Mann kürzlich sein ganzes Geld zusammengekratzt hat, um Willi/Seew seinen ersten Traktor zu kaufen. Ausgerechnet einen aus Deutschland. Das war der beste, den es auf dem Markt gab. Den wollte er gerne haben. Vielleicht die goldene Gelegenheit, um ein unverfängliches Gespräch zu eröff-

Willi Wolffsohn, 1956

nen?, denkt Recha. Sie wagt eine Frage. Oh, hätte sie doch geschwiegen!

»Wie läuft dein neuer Traktor, Willi?«

»Danke, euer Scheiß-Nazi-Traktor läuft leider gut.«

Jetzt platzte Opa Karl der Kragen. »Wir kratzen hier für dich unser ganzes Geld zusammen, damit du als Bauer den neuen jüdischen Menschen vorführen kannst, und du wagst es, uns in die Nazi-Ecke zu stellen!«

»Nein, nicht in die Nazi-Ecke, aber ihr lebt jetzt wieder im Naziland, das am liebsten alle Juden umgebracht hätte. Wie kann man nur?«

Vor Aufregung an sein Herz greifend, keuchte Opa Karl seine Antwort: »Deinen Traktor konnten wir nur kaufen, weil wir wieder in Deutschland sind und nicht wie du ausgemergelte Kühe melken. Wir jäten auch keine Disteln und andere Stachelpflanzen in Israel, säen dann Getreide und warten, wie du, darauf, dass ohne Wasser etwas wächst.«

Noch in derselben Nacht erlitt Opa Karl einen Herzanfall und musste mit dem Notarzt ins Krankenhaus gebracht werden.

Willi/Seew kehrte nach dem missglückten Besuch in Berlin nach Israel zurück und arbeitete weiter als Bauer. Auch das Vater-Sohn-Gewitter zog wieder ab. Ein Jahr später feierte man friedlich den 75. Geburtstag von Opa Karl zusammen. Ach, Krach gibt es doch in jeder Familie. Hauptsache Sonnenschein nach Regen!

Bei aller Liebe zu Opa Karl: Ein Prophet, der die landwirtschaftliche Entwicklung Israels vorhersah, war er nicht. Die, zugegeben, in Israel dünneren Kühe geben heute mindestens so viel Milch wie die angeblich »glücklichen Kühe« in den deutschen Alpen, und Früchte aus Israel sind beliebt. Sie werden viel gekauft, weil sie ganz einfach sehr gut schmecken.

Abschied von Israel, zurück nach Deutschland

Ein Jahr vor Willis missglücktem Besuch in Deutschland: Nach dem Hilferuf seines Vaters im Sommer 1954 zog Max also nach Berlin. Ima Thea und ich folgten nur wenige Wochen später.

Seit Opa Karl und Sabta Recha nach Deutschland gezogen waren, hatte mein Aba Max in Tel Aviv zwei Firmen

Wieder in Berlin vereint: Recha, Karl, Max, Thea und Michael Wolffsohn, 1955

weitergeführt, die Karl gegründet hatte: eine Glaserei und eine Glasversicherungsfirma.

Nachdem nun auch Max und Thea weg waren, kümmerte sich um die Glaserei fortan Opa Justus. Das war für ihn eine angenehme Beschäftigung, bei der ihm dennoch genug Zeit für seine Freizeit blieb: Skat mit Freunden am Altherren-Stammtisch, »Klub des Goldenen Alters« genannt. Treffpunkt in einem Café am Strand von Tel Aviv. Leckere deutsche Backwaren, von deutschjüdischen Bäckern gefertigt. Schweinswürste? Doch nicht im Kaffeehaus, aber auch sonst nicht in Tel Aviv. Damals gab es die nirgends, heute sehr wohl. Garantiert bayerisch, garantiert nicht koscher.

Bis auf Willi waren wir Wolffsohns seit September 1954 wieder vollzählig beisammen. Für ein knappes Jahr wohnten wir sogar zusammen – Max, Thea, Karl, Recha, ich.

Trotz der vielen verlorenen Prozesse hatten Opa Karl und Sabta Recha Anfang der Fünfzigerjahre die eine oder andere Mini-Wiedergutmachung erhalten, und so zogen sie ins feine Wilmersdorf. Die neue Wohnung war gar nicht weit weg von der Mommsen- und Sybelstraße, wo sie bis 1939 gewohnt hatten: Olivaer Platz, drei Zimmer plus Bad. Elli Pötschner war wieder der gute Hausgeist. Und, wie einst, war Recha »Gnä' Frau«. Gnä' Frau war zwar Ellis Arbeitgeberin, doch sie benahm sich nicht wie eine Herrin, sondern wie eine Freundin. Menschlichkeit und Freundlichkeit sind keine Frage des Geldes oder der Stellung, sondern der Einstellung.

Auch wenn wir in Israel die Zelte nicht ganz freiwillig abgebrochen hatten, fühlten wir uns in Berlin von Anfang an heimisch. Für meine Eltern, die ja gar nicht unbedingt ins »Land der Täter« hatten zurückkehren wollen, war das wie ein Wunder: Sie hatten erwartet, sich fremd zu fühlen, und sie hatten damit gerechnet, von den Deutschen unfreundlich behandelt und ausgegrenzt zu werden. Doch im Gegenteil: Das Deutschland der Nachkriegszeit fühlte sich schnell wie ein echtes Zuhause an. Mit den alten oder auch neuen Nazis hatten wir nichts zu tun und die nichts mit uns. Die Nicht-Nazi-Deutschen waren uns hingegen von Anfang an vertraut. Wir hatten sofort das Gefühl, dazuzugehören. Ich fand in der Schule gleich neue Freunde – jüdische und christliche –, und auch meine

Der Deutschen, auch der Wolffsohns,
Lieblingshund der 1950er Jahre: Dackel Ari

Eltern hatten bald einen bunt gemischten Freundes- und Bekanntenkreis: Juden, Nichtjuden, einige Israelis, viele Deutsche, Amerikaner, Engländer, Franzosen, Italiener und so weiter und so weiter.

Geradezu unheimlich war uns außer den unzähligen Ruinen nur eins: Viele Hunde gab es in Berlin und nur wenige Kinder, und oft wurden die Hunde von Erwachsenen freundlicher behandelt als Kinder.

Trotzdem wirkte die Tierliebe der Berliner ansteckend. Auch die Tiermode: In den 1950ern waren Dackel »in«, und so kam es, dass auch Sabta Recha sich einen kleinen Dackel zulegte. Weil er ihr aber zu sehr »nach Hund roch«, übernahmen wir ihn. Ich gab dem Tierchen einen hebräischen Namen: Ich nannte ihn »Ari«, von Arijeh, der Löwe. Ein Dackel, der aussah wie eine Sofarolle, als »Löwe«! Ich fand das lustig. Aba und Ima auch.

Zurück nach Deutschland kamen wir, um Opa Karl beim Zurückerobern seines einstigen Eigentums zu helfen. Und auch wenn wir nur einen Bruchteil des Geraubten zurückbekamen, so wurden wir hier in Deutschland glücklich. Trotz allem und nach allem. Trotz Hitler und nach Hitler.

Wir leben, und wir leben, wie wir leben wollen, weil wir frei sind. Was für ein Glück!

Das Leben ist ein Geschenk. Das Leben ist schön. Das Leben ist wunderschön.

Wir alle waren und sind Glückskinder.

Schluss in drei Teilen: Judenhass heute – Es ist nicht vorbei – Stinken Juden?

Auch wenn Hitler seit 1945 tot ist, gibt es in Deutschland und woanders immer noch und immer wieder Menschen, die es nicht glauben wollen: Hitler, die Hitlerei, IST tot. Der Welt sei Dank, die gegen den Massenmörder Hitler und, notgedrungen, gegen die Deutschen Krieg führte und siegte. Zwar verloren viele Menschen ihr Leben, aber vielen weiteren wurde dadurch das Leben geschenkt – und den Deutschen auch noch die Freiheit. Zuerst im Westen und dann – nach der Wiedervereinigung 1990 – auch im Osten von Deutschland.

Aber immer noch gibt es Menschen, die Antisemiten sind und die Juden raus aus Deutschland haben wollen. Das sind vor allem alte und neue Nazis, die Juden hassen. Diese Menschen sind unbelehrbar.

Dann gibt es Leute, die behaupten, »die« Juden hätten den Palästinensern ihr Land geraubt und auf dem geraubten Land den Jüdischen Staat, Israel, gegründet. Diese Menschen sind nicht unbedingt Judenhasser, aber sie hassen den Staat Israel und seine Politik.

Es gibt noch eine dritte Gruppe von Judengegnern –

nämlich manche Muslime. Die Religion der Muslime heißt Islam. Weil die meisten Palästinenser Muslime sind, wollen viele Muslime aus anderen Ländern den Palästinensern helfen. Muslime helfen Muslimen. Das leuchtet ein. Auch in Deutschland gibt es Muslime, ihr kennt sicherlich einige. Wie überall und immer gibt es nette und unnette Muslime, wie es ja auch nette und stinkstiefelige Christen oder Juden gibt. Manche der nicht netten Muslime hassen Juden, weil sie Israel und seine Freunde hassen; Juden ebenso wie Nichtjuden.

Diese drei Gruppen machen es den Juden in Deutschland auch heute wieder, sagen wir, ungemütlich. Mehr als ungemütlich. Sie denken eben nicht so anständig und menschlich wie du und deine Familie.

2014: Es ist nicht vorbei

Ebendrum: Bis heute können sich viele Palästinenser, viele Araber in Israels Nachbarstaaten und manche Menschen in der Islamischen und woanders in der Welt nicht damit abfinden, dass es Israel gibt. Immer wieder kam und kommt es zu großen und kleinen Kriegen, zu Terror und Tod gegen Juden und Israel.

Noch lange Zeit nach Hitlers Tod lebten ehemalige Nazis in Ägypten und Syrien und halfen bei Kriegen und Kriegsvorbereitungen gegen Israel. Auch deutsche Raketenbauer taten das: Zur Hitler-Zeit bauten sie Raketen für Nazi-Deutschland, danach bauten sie für Ägypten Raketen gegen die Israelis. Trotzdem gibt es kaum ein lebenslustigeres Völkchen als die Israelis, vor allem die aus Tel Aviv.

Den Hass auf die Juden und auf Israel gibt es auch heute noch. Das erlebte Ima Thea 2014, mit über neunzig Jahren:

In einem West-Berliner Gartenlokal sitzt Ima Thea zufällig neben einer Gruppe nett aussehender Palästinenser. Sie kommen ins Gespräch. Das Gesprächsklima ist ausgesprochen angenehm. Alle haben gute Laune, alle sind fröhlich und alle essen Rühreier mit Schinken. Eigentlich dürfen weder Juden noch Muslime wie jene Palästinenser Schweinefleisch essen, aber Thea und diese Palästinenser sind nicht verbiestert. Der liebe Gott, den die Muslime »Allah« nennen, denken sie zu Recht, ist kein Buchhalter. Er liebt uns, auch wenn wir Schinken essen, denn Gottesliebe hängt nicht davon ab, ob wir Schinken essen oder nicht.

»Und Sie leben hier in Berlin?«, fragt Machmud, einer der Palästinenser

»Ja, inzwischen wieder«, antwortet Thea. »Mein Mann, mein Sohn und ich, wir haben längere Zeit in Israel gelebt. Dann sind wir hierhin gezogen.«

»Das haben Sie gut und richtig gemacht. Alle Juden sollten raus aus Israel. Israel ist nämlich auf dem Boden Palästinas entstanden. Diesen Boden haben uns die Juden geraubt, um Israel zu gründen.«

Thea antwortete: »Aber die Juden stammen aus Israel und haben auch ein Recht auf ein eigenes Land. Außerdem haben die Palästinenser den Krieg gegen Israel begonnen und verloren. Mindestens ein Teil des Landes gehört also uns.«

Die vorher so netten Palästinenser wurden wortkarg. »Hm, jetzt müssen wir weiterziehen. Zu einer Demo auf dem Kurfürstendamm. ›Freiheit für Palästina‹. Hier, sehen Sie, das ist eines unserer Spruchbänder.«

Thea las: »Israel = Räuber = Nazi.«

Auf den Mund gefallen war meine Ima Thea nie: »Sie vergessen in Ihrem Übereifer, dass der damalige Palästinenserführer, Amin al-Husseini, ein Verbündeter des Räubers Hitler war. Beide wollten die Juden vernichten. Ihr Führer war also Nazifreund und -partner. Israel, Juden und Nazis, das ist wie Feuer und Wasser.«

Am Abend sah Ima Thea in den Fernsehnachrichten einen Bericht über die »Demo«, zu der die Palästinenser gegangen waren: unzählige Spruchbänder, zum Teil mit Davidsternen und Hakenkreuzen. Da, ja, genau, da waren auch die netten Palästinenser vom Gartenlokal! Neben ihnen marschierten erkennbar recht viele Deutsche. Was da gebrüllt wurde, verstand Thea nicht, denn sie war schon alt und hörte schlecht.

Doch plötzlich hörte – und verstand – sie etwas, das sie ganz bestimmt nicht hören wollte. Sie konnte es nicht glauben, sie wollte es nicht glauben. Wie bitte? Was wurde da auf der gegen Israel gerichteten Demo gebrüllt?

»Juden raus aus Palästina! Tod den Juden! Juden ins Gas.«

Entsetzt rief sie mich an. »Da habe ich mich bestimmt verhört«, berichtete Ima Thea mir aufgeregt.

»Nein, Ima, hast du nicht. Ich habe dieselben Bilder gesehen und dieselben Sprechchöre gehört.«

Demonstranten auf einer Kundgebung gegen Israel, Berlin 2016

»Aber die Juden ermorden? Das klingt ja wie damals. Juden ins Gas, also wie unter Hitler Juden durch Gas ermorden. Wie in der KZ-Hölle von Auschwitz.«

Ima Thea wurde es schummrig vor ihren Augen. In ihrem Kopf drehte sich alles, als säße sie in einem Karussell. Doch in ihrem Kopfkarussell waren keine netten Pferdchen oder Autos zu sehen, sondern die Grobiane der SA, die sie mit zehn Jahren in Bamberg und später in der Kristallnacht in Berlin gesehen hatte. Thea fragte sich: »Bin ich 92 Jahre alt oder bin ich zehn und gehe mit Vati in die Bamberger Synagoge? Oder bin ich 16 Jahre alt und gehe aufs Jüdische Gymnasium in Berlin? Brennen wieder Synagogen, wie in der Kristallnacht?«

Thea Wolffsohn mit 92 Jahren in ihrer Wohnung in Berlin

Allmählich kam Ima Thea zu sich. Sie wusste wieder, wo sie war, aber sie verstand nicht, wie »so etwas« in Deutschland »wieder möglich« sein konnte. Oft haben deutsche Politiker verkündet: »Wir danken den Juden, die wieder zu uns nach Deutschland kamen. Wir tun alles, damit sie sicher sind und sich bei uns wieder wohlfühlen.« Wie waren solche Sprüche dann möglich?

»Wie können wir uns in Deutschland sicher fühlen, wenn auch nur ein Einziger straffrei ›Juden raus‹ oder, noch schlimmer, ›Tötet die Juden‹ oder ›Juden ins Gas!‹ brüllen darf?«, fragte Ima Thea mich.

»Aber Ima, du weißt doch, dass nur sehr, sehr wenige Deutsche die Juden raushaben wollen. Die meisten Deutschen sagen: ›Nie wieder!‹«

Auch mit 92 Jahren war Thea nicht auf den Mund gefallen: »Ja, die meisten sagen und rufen ›Nie wieder!‹ Aber da ist es wieder auf deutschen Straßen, das ›Juden raus!‹«

Judenhass heute

»Nie wieder« sagen auch heute noch die meisten Deutschen, aber der Hass auf die Juden ist weiter da. Am 9. Oktober 2019 geschah in Halle der Versuch eines Massenmordes an Juden. An »Jom Kippur«, dem Versöhnungstag, versuchte ein junger Neu-Nazi, mit Waffengewalt in die Synagoge einzudringen. Er wollte alle dort friedlich und besinnlich betenden Juden ermorden. Doch zum Glück gelang es ihm nicht, in die Synagoge einzudringen. Nachdem ihm dies misslungen war, erschoss er vor dem Gebäude eine Passantin und kurz darauf in einem Döner-Imbiss einen Gast. Beide waren Nichtjuden. Aber Antisemiten sind eben nicht nur (von wegen »nur«) Judenhasser! Sie hassen Menschen, ganz allgemein, obwohl sie das Gegenteil behaupten.

Monate später. In München. Freitagabend. Ein Vetter aus Israel besucht uns mit seinem Sohn Schani und möchte in die Synagoge. Zum Sabbat- bzw. Freitagabendgottesdienst. Ich begleite sie. Am Eingang werden wir kontrolliert. Natürlich, denke ich, weiß ich. Anders als Kirchen werden Synagogen in Deutschland kontrolliert, um Angriffe auf Juden zu verhindern. Schani wundert sich und fragt mich auf Hebräisch:

Die Synagoge von Halle nach dem versuchten Massenmord eines Rechtsextremisten am 9. Oktober 2019

»Warum werden wir hier kontrolliert?«

»Um zu überprüfen, ob wir Waffen haben.«

»Ich, Waffen? Der Aba?«

»Nicht ihr.«

»Wer dann? Terroristen wie in Israel? Palästinenser?«

»Vielleicht Palästinenser.«

»Wer kommt denn noch infrage? In Israel keiner.«

»Hier in Deutschland schon.«

»Wer?«

»Nazis. Alte und neue.«

»Ach, die Hitler-Idioten und Mörder.«

»Ja, genau, die.«

»Noch wer?«

»Ja, deutsche Freunde der Palästinenser.«

»Welche?«

»Na, solche, die sagen: Die Juden haben den Palästinensern das Land geraubt und daraus Israel gemacht. Vor Jahren haben sie in Berlin versucht, im Jüdischen Gemeindehaus eine Bombe zu zünden. Meine Ima und mein Aba waren damals dort. Nur durch einen Zufall explodierte die Bombe nicht.«

»Hm. Dann sind ja Juden in Deutschland wieder in Gefahr. Wie damals. Unter Hitler.«

»In Gefahr ja, aber nein, nicht wie damals unter Hitler. Unter Hitler haben die deutsche Polizei, die SA und der deutsche Staat die Juden verfolgt. Heute schützen der Staat und die deutsche Polizei uns Juden. Der Unterschied ist entscheidend. Keiner hindert uns daran, in die Synagoge zu gehen. Gehindert werden mögliche Terroristen, Terror auszuüben. Nicht immer gelingt das. Aber doch meistens. Das ist eben das neue Deutschland. Anders als das alte unter Hitler.«

»Ob das so bleibt?«, fragte mein Vetter.

Wer weiß? Hoffentlich.

Das hängt von DIR ab, lieber Leser und liebe Leserin.

Stinken Juden?

Judenbeschimpfungen gibt es schon in Grundschulen, das erlebte Theas Urenkelin, meine siebenjährige Enkelin Anna. Sie besuchte seit einigen Wochen eine christliche Grundschule in Berlin-Schöneberg. Fast alle Kinder kommen aus, wie man so (blöd) sagt, »besseren«, gebildeten

Familien. Anna steht auf dem Pausenhof und redet mit ihrer Freundin Ernestine. Sie sprechen über dies und das und jenes, auch über ihre Großväter.

»Mein Großvater ist Jude«, berichtet Anna.

»Meiner auch«, erwidert Ernestine.

Dicht neben beiden Mädchen steht in Hörweite Benni. »Bah«, sagt er, »alle Juden stinken.«

»So ein Quatsch«, platzt es aus Anna heraus. »Mein Großvater stinkt nicht, und alle Juden, die er und ich kennen, stinken nie.«

»Genau«, bestärkt sie Ernestine. »Genauso ist es bei uns. Nie bin ich in der Synagoge oder der Jüdischen Gemeinde stinkenden Juden begegnet.«

»Echte Stinktiere sind ungewaschene Leute, die in der U-Bahn oder im Bus vor sich hin müffeln. Die wissen wohl nicht, was Seife ist«, belehrt Anna den grantigen Benni und geht dabei zwei Schritte auf ihn zu. Dabei steigt ihr ein unangenehmer Duft in die Nase, um nicht zu sagen: ein ekelhafter Gestank. »Wie wär's, wenn du in Gegenwart anderer Leute keinen Stinkepups loslässt oder überhaupt nicht furzt?«

Ernestine, die nun ebenfalls direkt vor Benni steht, fügt hinzu: »Und eine Dusche mit viel Seife würde dir auch nicht schaden. Jedenfalls wärest du dann der, der weniger stinkt!«

Das ist noch nicht das Ende dieser kurzen, letzten Anekdote. Als Annas und Ernestines Eltern von dem Streit im Pausenhof hörten, beschwerten sie sich bei der Klassenlehrerin. Sie sagten: »Der Benni ist sieben Jahre alt. So gut wie sicher hat er nie einen Juden getroffen. Von selbst kommt er bestimmt nicht darauf, dass die Juden stinken. Folglich muss er diesen Granaten-Unsinn zu Hause gehört haben! Bitte sprechen Sie mit den Eltern, aber vor allem mit den Schülern.«

Gesagt, getan. Am folgenden Tag erklärte die Klassenlehrerin den Kindern, warum die Behauptung »Juden stinken« erstens total falsch und zweitens eine echte Schweinerei ist. Dann erzählt sie, dass solche Lügen vor gar nicht langer Zeit zu Schrecklichem geführt haben: »Deutschland hat unter Hitler fast die gesamte Welt mit Krieg überzogen und in ganz Europa die Juden massenweise ermordet. Am Ende waren große Teile von Europa kaputt und unzählige Menschen tot. Heute geht es uns gut. Wollt ihr, dass wir Deutschen wieder Krieg gegen alle führen? Wollt ihr, dass wieder Juden oder andere Menschen verfolgt werden?«

»Nein!«, tönte es aus der Klasse einstimmig. Benni schaute beschämt auf den Fußboden.

»Dann sollten wir erst gar nicht anfangen, die Lüge zu verbreiten, dass andere Menschen stinken«, mahnte die Lehrerin.

Benni redet also wieder wie damals. Aber alle anderen Schüler haben gegen ihn Partei bezogen. War das Glück? Bleibt dieses Glück? Das hängt von DIR ab.

Zeittafel

	Deutschland
1897	
1909	
Erster Weltkrieg 1914–1918	
Weimarer Republik 1918–1933	Scheidemann ruft die Republik aus, 9.11.1918
1923	Hitler-Ludendorff-Putsch, 8./9.11.1923
1932–1939	
NS-Staat 1933–1945	Machtergreifung Hitlers, 30.01.1933 Boykott jüdischer Geschäfte, 01.04.1933
1935	Wehrpflicht; Nürnberger Rassegesetze
1936–1939	
1938	»Anschluss« Österreichs, 13.3.1938 Reichskristallnacht, 9.11.1938
Zweiter Weltkrieg 1939–1945	1.9.1939: Überfall auf Polen
1942	Nordafrika-Feldzug unter General Rommel
1942–November 1944	Stalingrad Holocaust
8. Mai 1945	Kapitulation Deutschlands, Ende des Zweiten Weltkriegs
1947	
1948	Luftblockade Berlins
1949	Gründung der Bundesrepublik Deutschland, 23.5.1949; Gründung der DDR (Deutsche Demokratische Republik), 7.10.1949
09.12.52	Unterzeichnung Entschädigungsabkommen
1955	BRD erhält Souveränität und tritt der NATO bei, 5.5.1955; DDR-Beitritt zum Warschauer Pakt, 15.4.1055

Britisch-Palästina/Israel

Gründung der zionistischen Weltorganisation

Gründung von Tel Aviv

Einzug der Briten in Jerusalem, 9.12.1917

Bestätigung des britischen Mandats über Palästina durch den Völkerbund, 1922

Einwanderung jüdischer Flüchtlinge aus Europa, wie die Familien Saalheimer und Wolffsohn

Arabischer Aufstand gegen Großbritannien und Juden in Palästina

1939: »Weißbuch«: Beschränkung jüdischer Einwanderung nach Palästina

Jewish Brigade: Jüdische Brigade in der Britischen Armee

Uno-Resolution zur Teilung Palästinas, 29.11.1947

Beendigung des britischen Mandats; Staatsgründung Israels, 14.5.1948; Krieg arabischer Staaten gegen Israel

14.2.1949: Ben Gurion wird erster Ministerpräsident Israels

Quellenverzeichnis

S. 10:
© Ornan Rotem/»1938 – Warum wir heute genau hinschauen müssen« Elisabeth Sandmann Verlag 2018.

S. 13:
© ullstein bild – United Archives/ PictureLux/T

S. 18:
© Sr. Claudia Köberlein CJ

S. 25:
© Bildarchiv Pisarek/akg-images

S. 27:
© ullstein bild – Ihlow

S. 28:
© ullstein bild – ullstein bild

S. 31:
© FELIPE TRUEBA/EPA-EFE/ Shutterstock

S. 33:
© David Pineda Svenske/ Shutterstock.com

S. 34:
© ullstein bild – imageBROKER/ Hans Blossey

S. 37:
© Ornan Rotem/»1938 – Warum wir heute genau hinschauen müssen« Elisabeth Sandmann Verlag 2018.

S. 41:
© ullstein bild – Herbert Hoffmann

S. 45:
© bpk

S. 63:
© Bleek/zb Media

S. 66:
© INTERFOTO/awkz

S. 67:
© ullstein bild – Historisches Auge

S. 73:
© ullstein bild – Archiv Gerstenberg

S. 76:
© Matthias Hinrichsen

S. 90:
© INTERFOTO/IMAGNO

S. 99:
© ullstein bild – ullstein bild

S. 111:
© akg-images

S. 115:
© GBM Historical Images/Shutterstock

S. 128:
© Mike Forster/ANL/Shutterstock

S. 134:
© ullstein bild – adoc-photos

S. 135:
© Francesco Russo-VIEW/Alamy Stock Foto

S. 139:
© Keystone-France/Getty Images

S. 152:
© ullstein bild – Claude Jacoby

S. 153:
© Austrian Archives/Imagno/picturedesk.com

S. 156:
© INTERFOTO/LISZT COLLECTION

S. 167:
© ullstein bild

S. 174:
© AFP FILES/AFP via Getty Images

S. 176:
© ullstein bild – ullstein bild

S. 200:
© ullstein bild – dpa

S. 201:
© ullstein bild – ADN-Bildarchiv

S. 219:
© Frederik Schindler

S. 222:
© CLEMENS BILAN/EPA-EFE/Shutterstock

Alle anderen Fotos: © privat

Michael Wolffsohn, geb. 1947 in Tel Aviv, stammt aus einer deutsch-jüdischen Familie, die 1939 nach Palästina floh und 1954 nach Deutschland zurückkehrte. Er war Professor für Neuere Geschichte an der Bundeswehruniversität München, veröffentlicht regelmäßig in nationalen und internationalen Medien und hat über 30 Bücher verfasst. 2017 wurde er als »Hochschullehrer des Jahres« ausgezeichnet, 2018 erhielt er den Franz-Werfel-Menschenrechtspreis.

Zeitlos aktuell: Im Zweiten Weltkrieg bringt die Liebesbeziehung zu einem polnischen Zwangsarbeiter eine junge Deutsche in tödliche Gefahr.

ALLE LIEFERBAREN TITEL, INFORMATIONEN UND SPECIALS FINDEN SIE ONLINE

Auch als eBook

www.dtv.de dtv